台灣南島語言③
巴則海語

林英津◎著

遠流

台灣南島語言③

巴則海語

作　　者／林英津

發 行 人／王榮文

出版發行／遠流出版事業股份有限公司

　　　　　臺北市南昌路二段81號6樓

　　　　　郵撥／0189456-1　電話／2392-6899

　　　　　傳眞／2392-6658

香港發行／遠流（香港）出版公司

　　　　　香港北角英皇道310號雲華大廈4樓505室

　　　　　電話／2508-9048　傳眞／2503-3258

　　　　　香港售價／港幣66元

法律顧問／王秀哲律師・董安丹律師

著作權顧問／蕭雄淋律師

2000年3月1日　初版一刷

2005年1月1日　初版二刷

行政院新聞局局版臺業字第1295號

新台幣售價200元　（缺頁或破損的書，請寄回更換）

ISBN 957-32-3889-6

YL*ib* 遠流博識網

http://www.ylib.com　　　　　E-mail:ylib@ylib.com

《獻辭》

　　我們一同將這套叢書獻給台灣的原住民同胞，感謝他們帶給世人無比豐厚的感動。

　　我們也將這套叢書獻給李壬癸先生，感謝他帶領我們走進台灣原住民語言的天地，讓我們懂得怎樣去領受這份豐厚的感動。這套叢書同時也作為一份獻禮，恭祝李先生六十歲的華誕。

何大安　　吳靜蘭　　林英津　　張永利　　張秀絹
張郇慧　　黃美金　　楊秀芳　　葉美利　　齊莉莎

一同敬獻
中華民國 88 年 11 月 12 日

《台灣南島語言》序

　　她的美麗，大家都知道；所以人人稱她「福爾摩莎」。美麗的事物，應當珍惜；所以作者們合寫了這一套叢書。

　　聲音之中，母親的言語最美麗。這套叢書，正是為維護台灣原住民的母語而寫的。解嚴以後，台灣語言生態的維護與重建，受到普遍的重視；母語教學的活動，也相繼熱烈的展開。教育部顧問室於是在民國 84 年，委託國立台灣師範大學英語系的黃美金教授規劃一部教材，以作為與維護台灣原住民母語有關的教學活動的基礎參考資料。黃教授組織了一支高水準的工作隊伍，經過多年的努力，終於完成了這項開創性的工作。

　　台灣原住民的語言雖然很多，但是都屬於一個地理分布非常廣大的語言家族，我們稱為「南島語族」。從比較語言學的觀點來說，台灣南島語甚至是整個南島語中最具存古特徵、也因此是最足珍貴的一些語言。然而儘管語言學家對台灣南島語的研究持續不斷，他們研究的多半是專門的問題，發表的成果也多半以外文為之，同時研究的深度也各個語言不一；因此都不適合直接用於母語教學。這套叢書的編寫，等於是一個全新的開始：作者們親自調查語

言、親自分析語言；也因此提出了一個全新的呈現：一致的體例、相同的深度。這在台灣原住民語言的研究和維護上，是一項創舉。

現在我把這套叢書的作者和他們各自撰寫的語言專書列在下面，向他們致上敬意與謝意：

黃美金教授	泰雅語、卑南語、邵語
林英津教授	巴則海語
張郇慧教授	雅美語
齊莉莎教授	鄒語、魯凱語、布農語
張永利教授	噶瑪蘭語、賽德克語
葉美利教授	賽夏語
張秀絹教授	排灣語
吳靜蘭教授	阿美語

也謝謝他們的好意，讓我與楊秀芳教授有攀附驥尾的榮幸，合寫這套叢書的「導論」。我同時也要感謝支持這項規劃案的教育部顧問室陳文村主任，以及協助出版的遠流出版公司。台灣原住民的語言，不止上面所列的那些；母語維護的工作，也不僅僅是出版一套叢書而已。不過，涓滴可以匯成大海。只要有心，只要不間斷的努力，她的美麗，終將亙古如新。

何大安　謹序
教育部諮議委員
中央研究院研究員
民國 88 年 11 月 12 日

語言、知識與原住民文化

　　研究語言的學者大都同意：南島語言是世界上分佈最廣的語族，而台灣原住民各族的族語則保留了南島語最古老的形式，它是台灣最寶貴的文化資產。

　　然而由於種種歷史因果的影響，十九世紀末，廣泛的平埔族各族語言，因長期漢化的緣故，逐漸喪失了活力；而花蓮、台東一帶，以及中央山脈兩側所謂的原住民九族地區，近百年來，則由於日本及國府國族中心主義之有效統治，在社會、經濟、文化、風俗習慣、生活方式乃至主體意識等各方面都發生了前所未有的結構性改變，原住民各族的語言生態，因而遭到嚴重的破壞。事隔一百年，台灣原住民各族似乎也面臨了重蹈平埔族覆轍之命運，喑啞而漸次失語。

　　語言的斷裂不只關涉到文化存續的問題，還侵蝕了原住民的主體世界。祖孫無法交談，家族的記憶和情感紐帶難以銜接；主體無能以族語說話，民族的認同失去了強而有力的憑藉。語言的失落，事實上也是一個民族的失落，他失去了他存有的安宅。除非清楚地認識這一點，我們無法真正地瞭解當代原住民精神世界苦難的本質。

　　四百年來，對台灣原住民語言的記錄和研究並不完全是空白的。荷蘭時代和歷代熱心傳教的基督教士，為我們留下了斷斷續續的線索。他們創制了拼音文字，翻譯族語聖經，記錄了原住民的歌謠。日據時代，更有大量的人類學田野記錄，將原住民的神話傳說、文化風習保存了下來。然而後來關鍵的這五十年，由於特殊的政治和歷史環境，台灣的學術界從未將目光投注到這些片段的文獻上，不但沒有持續進行記錄的工作，甚至將前人的研究束諸高閣，連消化的興趣都沒有。李壬癸教授多年前形容自己在南島語言研究的旅途上，是孤單寂寞，是千山我獨行；這種心情，常讓我聯想到自己民族的黃昏處境，寂寥空漠、錐心不已。

　　所幸民國六十年代起，台灣本土化意識漸成主流，原住民議題浮上歷史抬面，有關原住民的學術研究也成為一種新的風潮。我們是否可以因而樂觀地說：「原住民學已經確立了呢？」我認為要回答這個提問，至少必須先解決三個問題：

　　第一， 前代文獻的校讎、研究與消化。過去零星的資料和日據時代田野工作的成果，基礎不一、良莠不齊，需要我們以新的方法、眼光和技術，進行校勘、批判和融會。

　　第二， 對種種意識型態的敏感度及其超越。民國六十年代以來，台灣原住民文化、歷史的研究頗為蓬勃。原住民知識體系的建構，隨著台灣的政治意識型態的發展，也

形成了若干知識興趣。先是「政治正確」的知識，舉凡符合各自政治立場的原住民文化、歷史論述，即成為原住民知識。其次是「本土正確」的知識，以本土性作為知識建構的前提或合法性基礎的原住民知識。最後是「身份正確」的知識，越來越多的原住民作者以第一人稱的身份發言，並以此宣稱其知識的確實性。這三種知識所撐開的原住民知識系統，各有其票面價值，但對「原住民學」的建立是相當有害的。我們必須保持對這些知識陷阱的敏感度並加以超越。

第三，原住民經典的彙集。過去原住民知識之所以無法累積，主要是因為原典沒有確立。典範不在，知識的建構便沒有源頭，既無法返本開新，也難以萬流歸宗。如何將原住民的祭典文學、神話傳說、禮儀制度以及部落歷史等等刪訂集結，實在關係著原住民知識傳統的建立。

不過，除了第二點有關意識型態的問題外，第一、三點都密切地關聯到語言的問題。文獻的校勘、注釋、翻譯和原住民經典的整理彙編，都歸結到各族語言的處理。這當中有拼音文字之確定問題，有各族語言音韻特徵或規律之掌握問題，更有詞彙結構、句法結構的解析問題；充分把握各族的語言，上述兩點的工作才可能有堅實的學術基礎。學術挺立，總總意識型態的糾纏便可以有客觀、公開的評斷。

基於這樣的理解，我認為《台灣南島語言》叢書的刊

行，標誌著一個新的里程碑，它不但可以有效地協助保存原住民各族的語言，也可以促使整個南島語言的研究持續邁進，並讓原住民的文化或所謂原住民學提昇到嚴密的學術殿堂。以此爲基礎，我相信我們還可以進一步編訂各族更詳盡的辭典，並發展出一套有用的族語教材，爲原住民語言生態的復振，提供積極的條件。

　　沒有任何人有權力消滅或放棄一個語言，每一族母語都是祖先的恩賜。身爲原住民的一份子，面對自己語言的殘破狀況，雖說棋局已殘，但依舊壯心不已。對所有本叢書的撰寫人，以及不計盈虧的出版家，恭敬行禮，感佩至深。

孫大川　謹序

行政院原住民委員會副主任委員

民國 89 年 2 月 3 日

目　錄

圖 表 目 錄

語音符號對照表

下表為本套叢書各書中所採用的語音符號，及其相對的國際音標、國語注音符號對照表：

	本叢書採用之符號	國際音標	相對國語注音符號	發 音 解 說	特別出處示例
元音	i	i	ㄧ	高前元音	
	ʉ	ʉ	ㄜ	高央元音	鄒語
	u	u	ㄨ	高後元音	
	e	e	ㄝ	中前元音	
	oe	œ		中前元音	賽夏語
	e	ə	ㄜ	中央元音	
	o	o	ㄛ	中後元音	
	ae	æ		低前元音	賽夏語
	a	a	ㄚ	低央元音	
輔音	p	p	ㄅ	雙唇不送氣清塞音	
	t	t	ㄉ	舌尖不送氣清塞音	
	c	ts	ㄗ	舌尖不送氣清塞擦音	泰雅語
	T	ṭ		捲舌不送氣清塞音	卑南語
	t́	c		硬顎清塞音	叢書導論
	tj				排灣語
	k	k	ㄍ	舌根不送氣清塞音	
	q	q		小舌不送氣清塞音	泰雅語
	ʼ	ʔ		喉塞音	泰雅語
	b	b		雙唇濁塞音	賽德克語
		ɓ		雙唇濁前帶喉塞音	鄒語

	本叢書採用之符號	國際音標	相對國語注音符號	發 音 解 說	特別出處示例
輔	d	d		舌尖濁塞音	賽德克語
		ɗ		舌尖濁前帶喉塞音	鄒語
	D	ɖ		捲舌濁塞音	卑南語
	ɗ́	ɟ		硬顎濁塞音	叢書導論
	dj				排灣語
	g	g		舌根濁塞音	賽德克語
	f	f	ㄈ	唇齒清擦音	鄒語
	th	θ		齒間清擦音	魯凱語
	s	s	ㄙ	舌尖清擦音	泰雅語
	S	ʃ		齦顎清擦音	邵語
	x	x	ㄏ	舌根清擦音	泰雅語
	h	χ		小舌清擦音	布農語
	h	h	ㄏ	喉清擦音	鄒語
	b	β		雙唇濁擦音	泰雅語
	v	v		唇齒濁擦音	排灣語
	z	ð		齒間濁擦音	魯凱語
		z		舌尖濁擦音	排灣語
	g	ɣ		舌根濁擦音	泰雅語
	R	ʁ		小舌濁擦音	噶瑪蘭語
音	m	m	ㄇ	雙唇鼻音	泰雅語
	n	n	ㄋ	舌尖鼻音	泰雅語
	ng	ŋ	ㄥ	舌根鼻音	泰雅語
	d				阿美語
	l	ɬ		舌尖清邊音	魯凱語
	L				邵語
	l	l	ㄌ	舌尖濁邊音	泰雅語
	L	ɭ		捲舌濁邊音	卑南語

	本叢書採用之符號	國際音標	相對國語注音符號	發 音 解 說	特別出處示例
輔 音	ĺ	ʎ		硬顎邊音	叢書導論
	lj				排灣語
	r	r		舌尖顫音	阿美語
		ɾ		舌尖閃音	噶瑪蘭語
	w	w	ㄨ	雙唇滑音	阿美語
	y	j	一	硬顎滑音	阿美語

南島語與台灣南島語

何大安　楊秀芳

一、南島語的分布

　　台灣原住民的語言，屬於一個分布廣大的語言家族：
「南島語族」。這個語族西自非洲東南的馬達加斯加，東到
南美洲西方外海的復活島；北起台灣，南抵紐西蘭；橫跨
了印度洋和太平洋。在這個範圍之內大部分島嶼—新幾內
亞中部山地的巴布亞新幾內亞除外—的原住民的語言，都
來自同一個南島語族。地圖 1（附於本章參考書目後）顯
示了南島語族的地理分布。

　　南島語族中有多少語言，現在還很不容易回答。這是
因為一方面語言和方言難以分別，一方面也還有一些地區
的語言缺乏記錄。不過保守地說有 500 種以上的語言、使
用的人約兩億，大概是學者們所能同意的。

　　南島語是世界上分布最廣的語族，佔有了地球大半的
洋面地區。那麼南島語的原始居民又是如何、以及經過了

多少階段的遷徙，才成為今天這樣的分布狀態呢？

根據考古學的推測，大約從公元前 4,000 年開始，南島民族以台灣為起點，經由航海，向南遷徙。他們先到菲律賓群島。大約在公元前 3,000 年前後，從菲律賓遷到婆羅洲。遷徙的隊伍在公元前 2,500 年左右分成東西兩路。西路在公元前 2,000 年和公元前 1,000 年之間先後擴及於沙勞越、爪哇、蘇門答臘、馬來半島等地，大約在公元前後橫越了印度洋到達馬達加斯加。東路在公元前 2,000 年之後的一千多年當中，陸續在西里伯、新幾內亞、關島、美拉尼西亞等地蕃衍生息，然後在公元前 200 年進入密克羅尼西亞、公元 300 年到 400 年之間擴散到夏威夷群島和整個南太平洋，最終在公元 800 年時到達最南端的紐西蘭。從最北的台灣到最南的紐西蘭，這一趟移民之旅，走了 4,800 年。

台灣是否就是南島民族的起源地，這也是個還有爭論的問題。考古學的證據指出，公元前 4,000 年台灣和大陸東南沿海屬於同一個考古文化圈，而且這個考古文化和今天台灣的原住民文化一脈相承沒有斷層，顯示台灣原住民居住台灣的時間之早、之久，也暗示了南島民族源自大陸東南沿海的可能。台灣為南島民族最早的擴散地，本章第三節會從語言學的觀點加以說明。但是由於大陸東南沿海並沒有南島語的遺跡可循，這個地區作為南島民族起源地的說法，目前卻苦無有力的語言學證據。

　　何以能說這麼廣大地區的語言屬於同一個語言家族呢？確認語言的親屬關係，最重要的方法，就是找出有音韻和語義對應關係的同源詞。我們可以拿台灣原住民的排灣語、菲律賓的塔加洛語、和南太平洋斐濟共和國的斐濟語為例，來說明同源詞的比較方法。表 0.1 是這幾個語言部份同源詞的清單。

表 0.1 排灣語、塔加洛語、斐濟語同源詞表

	原始南島語	排　灣　語	塔加洛語	斐　濟　語	語　義
1	*dalan	dalan	daán	sala	路
2	*damafi	ka-dama-dama-n	damag	ra-rama	火炬；光
3	*danau	danaw	danaw	nrano	湖
4	*jatafi	ka-data-n	latag	nrata	平的
5	*dusa	dusa	da-lawá	rua	二
6	*-inafi	k-ina	ina	t-ina	母親
7	*kan	k-əm-an	kain	kan-a	吃
8	*kagac	k-əm-ac	k-ag-at	kat-ia	咬
9	*kasuy	kasiw	kahoy	kaðu	樹；柴
10	*vəlaq	vəlaq	bila	mbola	撕開
11	*qudal	qudal	ulán	uða	雨
12	*təbus	təvus	tubo	ndovu	甘蔗
13	*talis	calis	taali?	tali	線；繩索
14	*tuduq	t-al-uduq-an	túro?	vaka-tusa	指；手指

15	*unəm	unəm	ʔa-nʔom	ono	六
16	*walu	alu	walo	walu	八
17	*maca	maca	mata	mata	眼睛
18	*daga[][1]	ɗaq	dugoʔ	nraa	血
19	*baquɦ	vaqu-an	báago	vou	新的

　　表 0.1 中的 19 個詞，三種語言固然語義接近，音韻形式也在相似中帶有規則性。例如「原始南島語」的一個輔音*t ，三種語言在所有帶這個音的詞彙中「反映」都一樣是「t̂：t：t」（如例 12 ‘甘蔗’、14 ‘指；手指’）；「原始南島語」的一個輔音*c，三種語言在所有帶這個音的詞彙中反映都一樣是「c：t：t」（如 8 ‘咬’、17 ‘眼睛’）。這就構成了同源詞的規則的對應。如果語言之間有規則的對應相當的多，或者至少多到足以使人相信不是巧合，那麼就可以判定這些語言來自同一個語言家族。

　　絕大多數的南島民族都沒有創製代表自己語言的文字。印尼加里曼丹東部的古戴、和西爪哇的多羅摩曾出土公元 400 年左右的石碑，不過上面所鐫刻的卻是梵文。在蘇門答臘的巨港、邦加島、占卑附近出土的四塊立於公元 683 年至 686 年的碑銘，則使用南印度的跋羅婆字母。這些是僅見的早期南島民族的碑文。碑文顯示的語詞和現代馬來語、印尼語接近，但也有大量的梵文借詞，可見兩種

---

[1] 在本叢書導論中凡有[ ]標記者，乃指該字音尾不明確。

文化接觸之早。現在南島民族普遍使用羅馬拼音文字，則是 16、17 世紀以後西方傳教士東來後所帶來的影響。沒有自己的文字，歷史便難以記錄。因此南島民族的早期歷史，只有靠考古學、人類學、語言學的方法，才能作部份的復原。表 0.1 中的「原始南島語」，就是出於語言學家的構擬。

二、南島語的語言學特徵

南島語有許多重要的語言學特徵，我們分音韻、構詞、句法三方面各舉一兩個顯著例子來說明。首先來看音韻。

觀察表 0.1 的那些同源詞，我們就可以發現：南島語是一個沒有聲調的多音節語言。當然，這句話不能說得太滿，例如新幾內亞的加本語就發展出了聲調。不過絕大多數的南島語大概都具有這項共同特點，而這是與我們所說的國語、閩南語、客語等漢語不一樣的。

許多南島語以輕重音區別一個詞當中不同的音節。這種輕重音的分布，或者是有規則的，例如排灣語的主要重音都出現在一個詞的倒數第二個音節，因而可以從拼寫法上省去；或者是不盡規則的，例如塔加洛語，拼寫上就必須加以註明。

詞當中的音節組成，如果以 C 代表輔音、V 代表元音

的話，大體都是 CV 或是 CVC。同一個音節中有成串輔音群的很少。台灣的鄒語是一個有成串輔音群的語言，不過該語言的輔音群卻可能是元音丟失後的結果。另外有一些南島語有「鼻音增生」的現象，並因此產生了帶鼻音的輔音群；這當然也是一種次生的輔音群。

　　大部分南島語言都只有 i、u、ə、a 四個元音和 ay、aw 等複元音。多於這四個元音的語言，所多出來的元音，多半也是演變的結果，或者是可預測的。除了一些台灣南島語之外，大部分南島語言的輔音，無論是數目上或是發音的部位或方法上，也都常見而簡單。有些台灣南島語有特殊的捲舌音、顎化音；而泰雅、排灣的小舌音 q，或是阿美語的咽壁音ʔ，更不容易在台灣以外的南島語中聽到。當輔音、元音相結合時，南島語和其他語言一樣，會有種種的變化。這些現象不勝枚舉，我們就不多加介紹。

　　其次來看構詞的特點。表 0.1 若干同源詞的拼寫方式告訴我們：南島語有像 ka-、ʔa-這樣的前綴、有-an、-a 這樣的後綴、以及有像-al-、-əm-這樣的中綴。前綴、後綴、中綴統稱「詞綴」。以詞綴來造新詞或是表現一個詞的曲折變化，稱作加綴法。加綴法，是許多語言普遍採行的構詞法。像國語加「兒」、「子」、閩南語加「a」表示小稱，或是客語加「兜」表示複數，也是一種後綴附加。不過南島語有下面所舉的多層次附加，卻不是國語、閩南語、客語所有的。

比方台灣的卡那卡那富語有 puacacaɨnɨkankiai 這個詞，意思是'（他）讓人走來走去'。這個詞的構成過程如下。首先，卡那卡那富語有一個語義為'路'的「詞根」ca，附加了衍生動詞的成份 u 之後的 u-ca 就成了動詞'走路'。u-ca 經過一次重疊成為 u-ca-ca，表示'一直走、不停的走、走來走去'；u-ca-ca 再加上表示'允許'的兩個詞綴 p-和-a-，就成了一個動詞'讓人走來走去'的基本形式 p-u-a-ca-ca。這個基本形式稱為動詞的「詞幹」。詞幹是動詞時態或情貌等曲折變化的基礎。p-u-a-ca-ca 加上後綴 -ɨnɨ，表示動作的'非完成貌'，完成了動詞的曲折變化。非完成貌的曲折形式 p-u-a-ca-ca-ɨnɨ再加上表示帶有副詞性質的'直述'語氣的-kan 和表示人稱成份的'第三人稱動作者'的-kiai 之後，就成了 p-u-a-ca-ca-ɨnɨ-kan-kiai '（他）讓人走來走去'這個完整的詞。請注意，卡那卡那富語'路'的「詞根」ca 和表 0.1 的'路'同根，讀者可以自行比較。

在上面那個例子的衍生過程中，我們還看到了另一種構詞的方式，就是重疊法。南島語常常用重疊來表示體積的微小、數量的眾多、動作的反復或持續進行，甚至還可以重疊人名以表示死者。相較之下，漢語中常見的複合法在南島語中所佔的比重不大。值得一提的是太平洋地區的「大洋語」中，有一種及物動詞與直接賓語結合的「動賓」複合過程，頗為普遍。例如斐濟語中 an-i a dalo 是'吃芋

頭'的意思,是一個動賓詞組,可以分析爲[[an-i][a dalo]];
an-a dalo 也是 '吃芋頭',但卻是一個動賓複合詞,必須分
析爲[an-a-dalo]。動賓詞組和動賓複合詞的結構不同。動賓
詞組中動詞 an-i 的及物後綴-i 和賓語前的格位標記 a 都保
持的很完整,體現一般動詞組的標準形式;而動賓複合詞
卻直接以賓語替代了及物後綴,明顯的簡化了。

　　南島語句法上最重要的特徵是「焦點系統」的運作。
焦點系統是南島語獨有的句法特徵,保存這項特徵最完整
的,則屬台灣南島語。下面舉四個排灣語的句子來作說明。

1. q-əm-aĺup　　　　a mamazaŋiljan ta vavuy i gadu

   [打獵-em-打獵　a 頭目　　　　　ta 山豬　i 山上]

   '「頭目」在山上獵山豬'

2. qaĺup-ən na　mamazaŋiljan a vavuy i gadu

   [打獵-en na　頭目　　　　　a 山豬　i 山上]

   '頭目在山上獵的是「山豬」'

3. qa-qaĺup-an　　　na　mamazaŋiljan ta vavuy a gadu

   [重疊-打獵-an　na　頭目　　　　　ta 山豬　a 山上]

   '頭目獵山豬的(地方)是「山上」'

4. si-qaĺup　na　mamazaŋiljan ta　vavuy a vaĺuq

   [si-打獵　na　頭目　　　　　ta　山豬　a 長矛]

   '頭目獵山豬的(工具)是「長矛」'

　　這四個句子的意思都差不多,不過訊息的「焦點」不
同。各句的焦點,依次分別是:「主事者」的頭目、「受事

者」的山豬、「處所」的山上、和「工具」的長矛；四個句子因此也就依次稱爲「主事焦點」句、「受事焦點」句、「處所焦點」句、和「工具焦點（或稱指示焦點）」句。讀者一定已經發現，當句子的焦點不同時，動詞「打獵」的構詞形態也不同。歸納起來，動詞（表 0.2 用 V 表示動詞的詞幹）的焦點變化就有表 0.2 那樣的規則：

表 0.2 排灣語動詞焦點變化

主 事 焦 點		V-əm-	
受 事 焦 點			V-ən
處 所 焦 點			V-an
工 具 焦 點	si-V		

除了表 0.2 的動詞曲折變化之外，句子當中作爲焦點的名詞之前，都帶有一個引領主語的格位標記 a，顯示這個焦點名詞就是這一句的主語。主事焦點句的主語就是主事者本身，其他三種焦點句的主語都不是主事者；這個時候主事者之前一律由表示領屬的格位標記 na 引領。由於有這樣的分別，因此四種焦點句也可以進一步分成「主事焦點」和「非主事焦點」兩類。照這樣看起來，「焦點系統」的運作不但需要動詞作曲折變化，而且還牽涉到焦點名詞與動詞變化之間的呼應，過程相當複雜。

以上所舉排灣語的例子，可以視爲「焦點系統」的代表範例。許多南島語，尤其是台灣和菲律賓以外的南島語，「焦點系統」都發生了或多或少的變化。有的甚至在類型

上都從四分的「焦點系統」轉變爲二分的「主動/被動系統」。這一點本章第三節還會說明。像台灣的魯凱語，就是一個沒有「焦點系統」的語言。

句法特徵上還可以注意的是「詞序」。漢語中「狗咬貓」、「貓咬狗」意思的不同，是由漢語的「詞序」固定爲「主語-動詞-賓語」所決定的。比較起來，南島語的詞序大多都是「動詞-主語-賓語」或「動詞-賓語-主語」，排灣語的四個句子可以作爲例證。由於動詞和主語之間有形態的呼應，不會弄錯，所以主語的位置或前或後，沒有什麼不同。但是動詞居前，則是大部分南島語的通例。

三、台灣南島語的地位

台灣南島語是無比珍貴的，許多早期的南島語的特徵，只有在台灣南島語當中才看得到。這裡就音韻、句法各舉一個例子。

首先請比較表 0.1 當中三種南島語的同源詞。我們會發現有兩點值得注意。第一，斐濟語每一個詞都以元音收尾。排灣語、塔加洛語所有的輔音尾，斐濟語都丟掉了。其實塔加洛語也因爲個別輔音的弱化，如*q＞ʔ、ø 或是*s＞ʔ、ø，也簡省或丟失了一些輔音尾。但是排灣語的輔音尾卻保持的很完整。第二，塔加洛語、斐濟語的輔音比排

灣語爲少。許多原始南島語中不同的輔音，排灣語仍保留區別，但是塔加洛語、斐濟語卻混而不分了。我們挑選「*c：*t」、「*ĺ：*n」兩組對比製成表 0.3 來觀察，就可以看到塔加洛語和斐濟語把原始南島語的*c、*t 混合爲 t，把*ĺ、*n 混合爲 n。

表 0.3 原始南島語*c、*t 的反映

原始南島語	排灣語	塔加洛語	斐濟語	表 0.1 中的同源詞例
*c	c	t	t	8 '咬'、17 '眼睛'
*t	t́	t	t	12 '甘蔗'、 14 '指'
*ĺ	ĺ	n	(n，字尾丟失)	11 '雨'
*n	n	n	n	3 '湖'、7 '吃'

我們認爲，這兩點正可以說明台灣南島語要比台灣以外的南島語來得古老。因爲原來沒有輔音尾的音節怎麼可能生出各種不同的輔音尾？原來沒有分別的 t 和 n 怎麼可能分裂出 c 和 ĺ？條件是什麼？假如我們找不出合理的條件解釋生出和分裂的由簡入繁的道理，那麼就必須承認：輔音尾、以及「*c：*t」、「*ĺ：*n」的區別，是原始南島語固有的，台灣以外的南島語將之合併、簡化了。

其次再從焦點系統的演化來看台灣南島語在句法上的存古特性。太平洋的斐濟語有一個句法上的特點，就是及物動詞要加後綴，並且還分「近指」、「遠指」。近指後綴是-i，如果主事者是第三人稱單數則是-a。遠指後綴是-aki，早期形式是*aken。何以及物動詞要加後綴，是一個有趣的

問題。

馬來語在形式上分別一個動詞的「主動」和「被動」。主動加前綴 meN-，被動加前綴 di-。meN-中大寫的 N，代表與詞幹第一個輔音位置相同的鼻音。同時不分主動、被動，如果所接的賓語具有「處所」的格位，動詞詞幹要加 -i 後綴；如果所接的賓語具有「工具」的格位，動詞詞幹要加-kan 後綴。何以會有這些形式上的分別，也頗令人玩味。

菲律賓的薩馬力諾語沒有動詞詞幹上明顯的主動和被動的分別，但是如果賓語帶有「受事」、「處所」、「工具」的格位，在被動式中動詞就要分別接上-a、-i、和-ʔi 的後綴，在主動式中則不必。為什麼被動式要加後綴而主動式不必、又為什麼後綴的分別恰好是這三種格位，也都值得一再追問。

斐濟、馬來、薩馬力諾都沒有焦點系統的「動詞曲折」與「格位呼應」。但是如果把它們上述的表現方式和排灣語的焦點系統擺在一起——也就是表 0.4——來看，這些表現法的來龍去脈也就一目瞭然。

表 0.4 焦點系統的演化

焦點類型	排灣語					薩馬力諾語		馬來語		斐濟語
	動詞詞綴	格 位 標 記				主動	被動	主動	被動	主動
		主格	受格	處所格	工具格					
主事焦點	-əm-	a	ta	i	ta	-ø		meN-		-ø
受事焦點	-ən	na	a	i	ta		直接被動 -a		di-	
處所焦點	-an	na	ta	a	ta		處所被動 -i	及物 -i	及物 -i	及物近指 -i/-a
工具焦點	si-	na	ta	i	a		工具被動 -?i	及物 -kan	及物 -kan	及物遠指 -aki (<*aken)

　　孤立地看，薩馬力諾語為什麼要區別三種「被動」，很難理解。但是上文曾經指出：排灣語的四種焦點句原可分成「主事焦點」和「非主事焦點」兩類，「非主事焦點」包含「受事」、「處所」、「工具」三種焦點句。兩相比較，我們立刻發現：薩馬力諾語的三種「被動」，正好對應排灣語的三種「非主事焦點」；三種「被動」的後綴與排灣語格位標記的淵源關係也呼之欲出。馬來語一個動詞有不同的主動前綴和被動前綴，因此是比薩馬力諾語更能明顯表現主動／被

動的語法範疇的語言。很顯然,馬來語的及物後綴與薩馬力諾語被動句的後綴有相近的來源。斐濟語在「焦點」或「主動／被動」的形式上,無疑是大爲簡化了;格位標記的功能也發生了轉變。但是疆界雖泯,遺跡猶存。斐濟語一定是在薩馬力諾語、馬來語的基礎上繼續演化的結果;她的及物動詞所以要加後綴、以及所加恰好不是其他的形式,實在其來有自。

表 0.4 反映的演化方向,一定是:「焦點」>「主動／被動」>「及物／不及物」。因爲許多語法特徵只能因併繁而趨簡,卻無法反其道無中生有。這個道理,在上文談音韻現象時已經說明過了。因此「焦點系統」是南島語的早期特徵。台灣南島語之具有「焦點系統」,是一種語言學上的「存古」,顯示台灣南島語之古老。

由於台灣南島語保存了早期南島語的特徵,她在整個南島語中地位的重要,也就不言可喻。事實上幾乎所有的南島語學者都同意:台灣南島語在南島語的族譜排行上,位置最高,最接近始祖—也就是「原始南島語」。有爭議的只是:台灣的南島語言究竟整個是一個分支,還是應該分成幾個平行的分支。主張台灣的南島語言整個是一個分支的,可以稱爲「台灣語假說」。這個假說認爲,所有在台灣的南島語言都是來自一個相同的祖先:「原始台灣語」。原始台灣語與菲律賓、馬來、印尼等語言又來自同一個「原始西部語」。原始西部語,則是原始南島語的兩大分支之

一；在這以東的太平洋地區的語言，則是另一分支。這個假說，並沒有正確的表現出台灣南島語的存古特質，同時也過分簡單地認定台灣南島語只有一個來源。

替語言族譜排序，語言學家稱爲「分群」。分群最重要的標準，是有沒有語言上的「創新」。一群有共同創新的語言，來自一個共同的祖先，形成一個家族中的分支；反之則否。我們在上文屢次提到台灣南島語的特質，乃是「存古」，而非創新。在另一方面，「台灣語假說」所提出的證據，如「*ś或*h 音換位」或一些同源詞，不是反被證明爲台灣以外語言的創新，就是存有爭議。因此「台灣語假說」是否能夠成立，深受學者質疑。

現在我們逐漸了解到，台灣地區的原住民社會，並不是一次移民就形成的。台灣的南島語言也有不同的時間層次。但是由於共處一地的時間已經很長，彼此的接觸也不可避免的形成了一些共通的相似處。當然，這種因接觸而產生的共通點，性質上是和語言發生學上的共同創新完全不同的。

比較謹慎的看法認爲：台灣地區的南島語，本來就屬不同的分支，各自都來自原始南島語；反而是台灣以外的南島語都有上文所舉的音韻或句法上各種「簡化」的創新，應該合成一支。台灣地區的南島語，最少應該分成「泰雅群」、「鄒群」、「排灣群」三支，而台灣以外的一大支則稱爲「馬玻語支」。依據這種主張所畫出來的南島語的族譜，

就是圖 1。

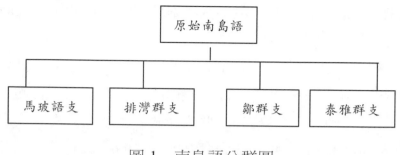

圖 1　南島語分群圖

　　與語族分支密切相關的一項課題，就是原始語言的復原。在台灣南島語的存古特質沒有被充分理解之前，原始南島語的復原，只能利用簡化後的語言的資料，其結果之缺乏解釋力可想而知。由於台灣南島語在保存早期特徵上的關鍵地位，利用台灣南島語建構出來的原始南島語的面貌，可信度就高的多。

　　我們認為：原始南島語是一個具有類似上文所介紹的「焦點系統」的語言，她有 i、u、ə、a 四個元音，和表 0.5 中的那些輔音。她的成詞形態，以及可復原的同源詞有表 0.6 中的那些。

表 0.5 原始南島語的輔音

		雙唇	舌尖	捲舌	舌面	舌根	小舌/喉
塞音	清	p	t	ṭ	t́	k	q
	濁	b	d	ḍ	d́		
塞擦音	清		c				
	濁		j				
擦音	清		s		ś	x	h
	濁		z		ź		ɦ
鼻音					ń	ŋ	
邊音			l		ĺ		
顫音			r				
滑音		w			y		

表 0.6 原始南島語同源詞

	語　義	原始南島語	原始泰雅群語	原始排灣語	原始鄒群語
1	above 上面	*babaw	*babaw	*vavaw	*-vavawu
2	alive 活的	*qujip		*pa-quzip	*-ʔ₂učípi
3*	ashes 灰	*qabu	*qabu-liq	*qavu	* (ʔ₂avuʔ₄u)
4**	back 背；背後	*likuj		*likuz	* (liku[crč])
5	bamboo 竹子	*qaug		*qau	*ʔ₁aúru
6*	bark; skin 皮	*kulic		*kulic	*kulíci
7*	bite 咬	*kagac	*k-um-agac	*k-əm-ac	*k₁-um-áracə

8*	blood 血	*daga[]	*daga?	*ɖaq	*cará?$_1$ə
9*	bone 骨頭	*cuqəlaɬ		*cuqəlaɬ	*cu?úlaɬə
10	bow 弓	*buɬug	*buhug		*vusúru
11*	breast 乳房	*zuzuh	*nunuh	*tutu	*θuθu
12**	child 小孩	*aɬak		*aɬak	*-aɬákə
13	dark; dim 暗	*jəmjəm		*zəmzəm	*čəməčəmə
14	die; kill 死；殺	*macay		*macay *pa-pacay	*macáyi *pacáyi
15**	dig 挖	*kaliɬ	*kari?	*k-əm-ali	*ʻkaliɬi
16	dove; pigeon 鴿子	*punay		*punay	*punáyi
17*	ear 耳朵	*caliŋaɬ	*caŋira?	*caljŋa	*calíŋafia
18*	eat 吃	*kan	*kan	*k-əm-an	*k$_1$-um-ánə
19	eel 河鰻	*tuɬa	*tula-qig	*ɬuɬa	
20	eight 八	*walu		*alu (不規則，應 為 valu)	*wálu
21	elbow 手肘	*śikuɬ	*hiku?	*siku	
22	excrement 糞	*ʈaqi	*quti?	*caqi	*tá?$_3$i
23*	eye 眼睛	*maca		*maca	*macá
24	face; forehead 臉；額頭	*daqis	*daqis	*ɖaqis	
25	fly 蒼蠅	*laŋaw	*raŋaw	*la-laŋaw	
26	farm; field 田	*qumafi		*quma	*?$_2$úmáfia
27**	father 父親	*amafi		*k-ama	*ámafia

28*	fire 火	*śapuy	*hapuy	*sapuy	*apúžu
29**	five 五	*lima	*rimaʔ	*lima	*líma
30**	flow; adrift 漂流	*qańud	*qaluic	*sə-qaɬuɖ	*-ʔ₂añúču
31**	four 四	*səpat	*səpat	*səpaɬ	*Sə́pátə
32	gall 膽	*qapədu		*qapədu	*paʔ₁azu
33*	give 給	*bəgay	*bəgay	*pa-vai	
34	heat 的	*jaŋjaŋ		*zaŋzaŋ	*čaŋəčaŋə
35*	horn 角	*ɬəquŋ		*təquŋ	*suʔ₁úŋu
36	house 子	*gumaq		*umaq	*rumáʔ₁ə
37	how many 多少	*pidafi	*pigaʔ	*pida	*píafia
38*	I 我	*(a)ku	*-akuʔ	*ku-	*ʿaku
39	lay mats 鋪蓆子	*sapag	*s-m-apag		*S-um-áparə
40	leak 漏	*tujiq	*tuduq	*ɬ-əm-uzuq	*tučúʔ₂₃₄
41**	left 左	*wiri[]	*ʔiril	*ka-viri	*wírífii
42*	liver 肝	*qacay		*qacay	*ʔ₁₄acayi
43*	(head)louse 頭蝨	*kucufi	*kucuʔ	*kucu	*kúcúfiu
44	moan; chirp 低吟	*jagiŋ		*z-əm-aiŋ	*-čaríŋi
45*	moon 月亮	*bulaɬ	*bural		*vuláɬə
46	mortar 臼	*ɬuɬuŋ	*luhuŋ		*ɬusuŋu
47**	mother 母親	*-inafi		*k-ina	*inafia
48*	name 名字	*ŋaɖan		*ŋadan	*ŋázánə
49	needle 針	*dagum	*dagum	*ɖaum	
50*	new 新的	*baqufi		*vaqu-an	*vaʔ₂órufiu

51	nine 九	*siwa		*siva	*θiwa
52*	one 一	*-ta		*ita	*cáni
53	pandanus 露兜樹	*paŋudań	*paŋdan	*paŋuɖaɬ	
54	peck 啄；喙	*tuktuk	*[ʔg]-um-atuk	*ɬ-əm-ukɬuk	*-tukútúku
55*	person 人	*caw		*cawcaw	*cáw
56	pestle 杵	*qasəluɧ	*qasəruʔ	*qasəlu	
57	point to 指	*tuduq	*tuduq	*ɬ-aɬ-uɖuq-an	
58*	rain 雨	*quɖaɬ		*quɖaɬ	*ʔ₂účaɬə
59	rat 田鼠	*labaw		*ku-lavaw	*laváwu
60	rattan 藤	*quay	*quway	*quway	*ʔ₃úáyi
61	raw 生的	*mataq	*mataq	*maɬaq	*máta?₁ə
62	rice 稻	*paɖay	*paɠay	*paday	*pázáyi
63	(husked) rice 米	*bugaɬ	*buwax	*vat	* (vərasə)
64*	road 路	*dalan	*daran	*ɖalan	*čálánə
65	roast 烤	*culuɧ		*c-əm-uɬu	*-cúɬuɧiu
66**	rope 繩子	*ʈalis		*calis	*talíSi
67	seaward 面海的	*laɧuj		*i-lauz	*-láɧiúcu
68*	see 看	*kita	*kitaʔ		*-kíta
69	seek 尋找	*kigim		*k-əm-im	*k-um-írimi
70	seven 七	*pitu	*ma-pituʔ	*piɬu	*pítu
71**	sew 縫	*ʈaqiś	*c-um-aqis	*c-əm-aqis	*t-um-á?₃iθi
72	shoot; arrow 射；箭	*panaq		*panaq	*-páná?₂ə

73	six 六	*unəm		*unəm	*ənə́mə
74	sprout; grow 發芽；生長	*cəbuq		*c-əm-uvuq	*c-um-ə́vərə (不規則,應為 c-um-ə́və?ə)
75	stomach 胃	*bicuka		*vicuka	*civúka
76*	stone 石頭	*batuɦi	*batu-nux (-?<-ɦi因接-nux 而省去)		*vátuɦu
77	sugarcane 甘蔗	*təvus		*ɬəvus	*tə́vəSə
78*	swim 游	*ɬaŋuy	*l-um-aŋuy	*l-əm-aŋuy	*-laŋúžu
79	taboo 禁忌	*palisi		*palisi	*palíθI-ā (不規則，應為 palíSi-ā)
80**	thin 薄的	*ɬiśipis	*hlipis		*ɬípisi
81*	this 這個	*(i)niɦi	*ni		*iniɦi
82*	thou 你	*su	*?isu?	*su-	*Su
83	thread 線；穿線	*ciśug	*l-um-uhug	*c-əm-usu	*-cúuru
84**	three 三	*təlu	*təru?	*ɬəlu	*túlu
85*	tree 樹	*kaśuy	*kahuy	*kasiw	*káiwu
86*	two 二	*ɖusa	*dusa?	*ɖusa	*řúSa
87	vein 筋；血管	*ɦagac	*?ugac	*ruac	*ɦurácə
88*	vomit 嘔吐	*mutaq	*mutaq	*muɬaq	
89	wait 等	*taga[gɦ]	*t-um-aga?		*t-um-átara

90**	wash 洗	*sinaw			*s-əm-ənaw	*-Sináwu
91*	water 水	*jaɬum			*zaɬum	*čaɬúmu
92*	we (inclusive)咱們	*ita	*ʔitaʔ			* (-ita)
93	weave 編織	*tinun	*t-um-inun	*ɬ-əm-ənun		
94	weep 哭泣	*ŋaŋit	*laŋis, ŋilis	*c-əm-aŋit		*t-um-áŋisi
95	yawn 打呵欠	*-suab	*ma-suwab	*mə-suaw		

　　對於這裡所列的同源詞，我們願意再作兩點補充說明。第一，從內容上看，這些同源詞大體涵蓋了一個初民社會的各個方面，符合自然和常用的原則。各詞編號之後帶‘*’號的，屬於語言學家界定的一百基本詞彙；帶‘**’號的，屬兩百基本詞彙。帶‘*’號的，有 32 個，帶‘**’號的，有 15 個，總共是 47 個，佔了 95 同源詞的一半；可以說明這一點。進一步觀察這 95 個詞，我們可以看到「竹子、甘蔗、藤、露兜樹」等植物，「田鼠、河鰻、蒼蠅」等動物，有「稻、米、田、杵臼」等與稻作有關的文化，有「針、線、編織、鋪蓆子」等與紡織有關的器具與活動，有「弓、箭」可以禦敵行獵，有「一」到「九」的完整的數詞用以計數，並且有「面海」這樣的方位詞。但是另一方面，這裡沒有巨獸、喬木、舟船、颱風、地震、火山和魚類的名字。這些同源詞所反映出來的生態環境和文化特徵，在解答南島族起源地的問題上，無疑會提供相當大的助益。

　　第二，從數量上觀察，泰雅、排灣、鄒三群共有詞一共 34 個，超過三分之一，肯定了三群的緊密關係。在剩下

的 61 個兩群共有詞之中，排灣群與鄒群共有詞為 39 個；
而排灣群與泰雅群共有詞為 12 個，鄒群與泰雅群共有詞為
10 個。這說明了三者之中，排灣群與鄒群比較接近，而泰
雅群的獨立發展歷史比較長。

四、台灣南島語的分群

　　在以往的文獻之中，我們常將台灣原住民中的泰雅、
布農、鄒、沙阿魯阿、卡那卡那富、魯凱、排灣、卑南、
阿美和蘭嶼的達悟（雅美）等族稱為「高山族」，噶瑪蘭、
凱達格蘭、道卡斯、賽夏、邵、巴則海、貓霧棟、巴玻拉、
洪雅、西拉雅等族稱為「平埔族」。雖然用了地理上的名詞，
這種分類的依據，其實是「漢化」的深淺。漢化深的是平
埔族，淺的是高山族。「高山」、「平埔」之分並沒有語言學
上的意義。唯一可說的是，平埔族由於漢化深，她們的語
言也消失的快。大部分的平埔族語言，現在已經沒有人會
說了。台灣南島語言的分布，請參看地圖 2（附於本章參
考書目後）。

　　不過本章所提的「台灣南島語」，也只是一個籠統的說
法，而且地理學的含意大過語言學。那是因為到目前為止，
我們還找不出一種語言學的特徵是所有台灣地區的南島語
共有的，尤其是創新的特徵。即使就存古而論，第三節所

舉的音韻和句法的特徵，就不乏若干例外。常見的情形是：某些語言共有一些存古或創新，另一些則共有其他的存古或創新，而且彼此常常交錯；依據不同的創新，可以串成結果互異的語言群。這種現象顯示：（一）台灣南島語不屬於一個單一的語群；（二）台灣的南島語彼此接觸、影響的程度很深；（三）根據「分歧地即起源地」的理論，台灣可能就是南島語的「原鄉」所在。

要是拿台灣南島語和「馬玻語支」來比較，我們倒可以立刻辨認出兩條極重要的音韻創新。這兩條音韻創新，就是第三節提到的原始南島語「*c：*t」、「*î：*n」在馬玻語支中的分別合併為「t」和「n」。從馬玻語言的普遍反映推論，這種合併可以用「*c＞*t」和「*î＞*n」的規律形式來表示。

拿這兩條演變規律來衡量台灣南島語，我們發現確實也有一些語言，如布農、噶瑪蘭、阿美、西拉雅，發生過同樣的變化；而且這種變化還有很明顯的蘊涵關係：即凡合併*n與*î的語言，也必定合併*t與*c。這種蘊涵關係，幫助我們確定兩種規律在同一群語言（布農、噶瑪蘭）中產生影響的先後。我們因此可以區別兩種演變階段：

表 0.7　兩種音韻創新的演變階段

階段	規律	影　響　語　言
I	*c＞*t	布農、噶瑪蘭、阿美、西拉雅
II	*l̂＞*n	布農、噶瑪蘭

其中*c＞*t 之先於*l̂＞*n，理由至爲明顯。因爲不這樣解釋的話，阿美、西拉雅也將出現*l̂＞*n 的痕跡，而這是與事實不符的。

　　由於原始南島語「*c：*t」、「*l̂：*n」的分別的獨特性，它們的合併所引起的結構改變，可以作爲分群創新的第一條標準。我們因此可將布農、噶瑪蘭、阿美、西拉雅爲一群，她們都有過*c＞*t 的變化。在布農、噶瑪蘭、阿美、西拉雅這群之中，布農、噶瑪蘭又發生了*l̂＞*n 的創新，而又自成一個新群。台灣以外的南島語都經歷過這兩階段的變化，也應當源自這個新群。

　　原始南島語中三類舌尖濁塞音、濁塞擦音*d、*ḍ、*j（包括*z）的區別，在大部分的馬玻語支語言中，也都起了變化，因此也一定是值得回過頭來觀察台灣南島語的參考標準。台灣南島語對這些音的或分或合，差異很大。歸納起來，有五種類型：

表 0.8 原始南島語中舌尖濁塞音、濁塞擦音之五種演變類型

類型	規律	影響語言
I	*d ≠ *ɖ ≠ *j	排灣、魯凱(霧台方言、茂林方言)、道卡斯、貓霧棟、巴玻拉
II	*d = *ɖ = *j	鄒、卡那卡那富、魯凱(萬山方言)、噶瑪蘭、邵
III	*ɖ = *j	沙阿魯阿、布農(郡社方言)、阿美(磯崎方言)
IV	*d = *j	卑南
V	*d = *ɖ	泰雅、賽夏、巴則海、布農(卓社方言)、阿美(台東方言)

　　這一組變化持續的時間可能很長，理由是一些相同語言的不同方言有不同類型的演變。假如這些演變發生在這些語言的早期，其所造成的結構上的差異，必然已經產生許多連帶的影響，使方言早已分化成不同的語言。像布農的兩種方言、阿美的兩種方言，至今並不覺得彼此不可互通，可見影響僅及於結構之淺層。道卡斯、貓霧棟、巴玻拉、洪雅、西拉雅等語的情形亦然。這些平埔族的語料記錄於 1930、1940 年代。雖然各有變異，受訪者均以同一語名相舉認，等於承認彼此可以互通。就上述這些語言而論，這一組變化發生的年代必定相當晚。同時由於各方言所採規律類型不同，似乎也顯示這些變化並非衍自內部單一的來源，而是不同外來因素個別影響的結果。

　　類型 II 蘊涵了類型 III、IV、V，就規律史的角度而言，年代最晚。歷史語言學的經驗也告訴我們，最大程度的類

的合併，往往反映了最大程度的語言的接觸與融合。因此
類型 III、IV、V 應當是這一組演變的最初三種原型，而類
型 II 則是在三種原型流佈之後的新融合。三種原型孰先孰
後，已不易考究。不過運用規律史的方法，三種舌尖濁塞
音、塞擦音的演變，可分成三個階段：

表 0.9 舌尖濁塞音、濁塞擦音演變之三個階段

階段	規律	影響語言
I	*d≠*ɖ≠*j	排灣、魯凱(霧台方言、茂林方言)、道卡斯、貓霧棟、巴玻拉
II	3. *ɖ= *j	沙阿魯阿、布農(郡社方言)、阿美(磯崎方言)
	4. *d = *j	卑南
	5. *d = *ɖ	泰雅、賽夏、巴則海、布農(卓社方言)、阿美(台東方言)
III	2. *d = *ɖ= *j	鄒、卡那卡那富、魯凱(萬山方言)、噶瑪蘭、邵

　　不同的語言，甚至相同語言的不同方言，經歷的階段
並不一樣。有的仍保留三分，處在第一階段；有的已推進
到第三階段。第一階段只是存古，第三階段為接觸的結果，
都不足以論斷語言的親疏。能作為分群的創新依據的，只
有第二階段的三種規律。不過這三種規律的分群效力，卻
並不適用於布農和阿美。因為布農和阿美進入這一階段很
晚，晚於各自成為獨立語言之後。

　　運用相同的方法對台灣南島語的其他音韻演變作過

類似的分析之後，可以得出圖 2 這樣的分群結果：

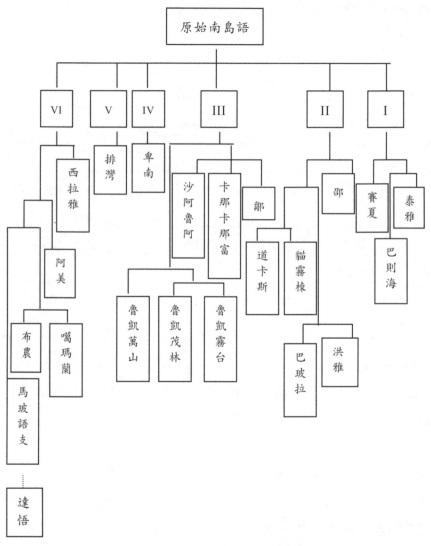

圖 2 台灣南島語分群圖

　　圖 2 比圖 1 的分群更爲具體，顯示學者們對台灣南島語的認識日漸深入。不過仍有許多問題尚未解決。首先是六群之間是否還有合併的可能，其次是定爲一群的次群之間的層序關係是否需要再作調整。因爲有這些問題還沒有解決，圖 2 仍然只是一個暫時性的主張，也因此我們不對六群命名，以爲將來的修正，預作保留。

五、小結

　　台灣原住民所說的，是來自一個分布廣大的語言家族中最爲古老的語言。這些語言，無論在語言的演化史上、或在語言的類型學上，都是無比的珍貴。但是這些語言的處境，卻和台灣許多珍貴的物種一樣，正在快速的消失之中。我們應該爲不知珍惜這些可寶貴的資產，而感到羞慚。如果了解到維持物種多樣性的重要，我們就同樣不能坐視語言生態的日漸凋敝。這一套叢書的作者們，在各自負責的專書裡，對台灣南島語的語言現象，作了充分而詳盡的描述。如果他們的努力和熱忱，能夠引起大家的重視和投入，那麼作爲台灣語言生態重建的一小步，終將積跬致遠，芳華載途。請讓我們一同期待。

叢書導論之參考書目

何大安

　　1999　《南島語概論》。待刊稿。

李壬癸

　　1997a　《台灣南島民族的族群與遷徙》。台北：常民文化公司。

　　1997b　《台灣平埔族的歷史與互動》。台北：常民文化公司。

Blust, Robert (白樂思)

　　1977　The Proto-Austronesian pronouns and Austronesian subgrouping: a preliminary report. *Working Papers in Linguistics* 9.2: 1-15. Honolulu: University of Hawaii.

Li, Paul Jen-kuei (李壬癸)

　　1981　Reconstruction of Proto-Atayalic phonology. *Bulletin of the Institute of History and Philology* 52.2: 235-301.

　　1995　Formosan vs. non-Formosan features in some Austronesian languages in Taiwan. In Paul Jen-kuei Li, Cheng-hwa Tsang, Ying-kuei Huang, Dah-an Ho, and Chiu-yu Tseng (eds.) *Austronesian Studies Relating to Taiwan*, pp.

651-682. Symposium Series of the Institute of History and Philology Academia Sinica No. 3. Taipei: Academia Sinica.

Mei, Kuang (梅廣)

1982 Pronouns and verb inflection in Kanakanavu. *Tsing Hua Journal of Chinese Studies, New Series*, 14: 207-252.

Tsuchida, Shigeru (土田滋)

1976 Reconstruction of Proto-Tsouic Phonology. *Study of Languages & Cultures of Asia & Africa Monograph Series* No. 5. Tokyo: Gaikokugo Daigaku.

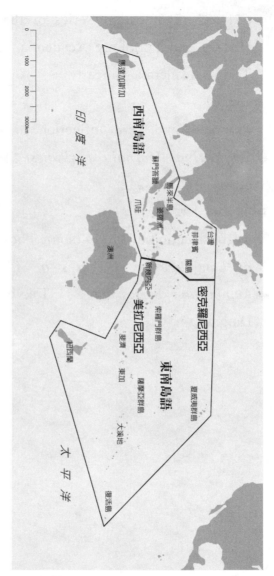

地圖　1　南島語族的地理分布

來源：*The New Encyclopaedia Britannica*（1992）第22冊755頁（重繪）

平埔族

A 凱達格蘭　Ketagalan
　A¹　　　　馬賽 Basai
　A²　　　　雷朗 Luilang
　A³　　　　Trobiawan
B 噶瑪蘭　　Kavalan
C 道卡斯　　Taokas
D 巴則海　　Pazeh
E 巴布拉　　Papora
F 貓霧捒　　Babuza
G 和安雅　　Hoanya
　G¹　　　　Lloa
　G²　　　　Arikun
H 邵（水沙連）Thao
I 西拉雅　　Siraya
　I¹　　　　Siraya
　I²　　　　Taivoran
　I³　　　　Makato
J 猴猴　　　Qauqaut

高山族

a 泰雅　　　Atayal
b 賽夏　　　Saisiyat
c 布農　　　Bunun
d 鄒　　　　Tsoů
e 魯凱　　　Rukai
f 排灣　　　Paiwan
g 卑南　　　Puyuma
h 阿美　　　Ami
i 雅美　　　Yami

地圖 2　台灣南島語言的分布

來源：李壬癸（1996）

附件

南島語言中英文對照表

【中文】	【英文】
大洋語	Oceanic languages
巴則海語	Pazeh
巴玻拉語	Papora
加本語	Jabem
卡那卡那富語	Kanakanavu
古戴	Kuthi 或 Kutai
布農語	Bunun
多羅摩	Taruma
西拉雅語	Siraya
沙阿魯阿語	Saaroa
卑南語	Puyuma
邵語	Thao
阿美語	Amis
南島語族	Austronesian language family
洪雅語	Hoanya

【中文】	【英文】
原始台灣語	Proto-Formosan
原始西部語	Proto-Hesperonesian
原始泰雅群語	Proto-Atayal
原始排灣語	Proto-Paiwan
原始鄒群語	Proto-Tsou
泰雅群支	Atayalic subgroup
泰雅語	Atayal
馬來語	Malay
馬玻語支	Malayo-Polynesian subgroup
排灣群支	Paiwanic subgroup
排灣語	Paiwan
凱達格蘭語	Ketagalan
斐濟語	Fiji
猴猴語	Qauqaut
跋羅婆	Pallawa
塔加洛語	Tagalog
道卡斯語	Taokas
達悟(雅美)語	Yami
鄒群支	Tsouic subgroup
鄒語	Tsou
魯凱語	Rukai

【中文】	【英文】
噶瑪蘭語	Kavalan
貓霧棟語	Babuza
賽夏語	Saisiyat
薩馬力諾語	Samareno

第 1 章

導　論

一、巴則海語的分佈與現況

　　巴則海族是台灣原住民族之一，祖居地現在屬於台中縣的豐原大安與東勢一帶。以豐原的岸裡大社為早期社群中心，包括整個大甲溪流域，南面伸展到大肚溪北岸，北面到大安溪南岸的廣大地帶，都曾是巴則海族的活動範圍。清道光初年，巴則海族曾有兩批大規模的移民。其中一批與中部其他平埔族群共同行動，集體向埔里盆地移民墾殖。今天埔里鎮西南緣邊的烏牛欄台地、與東北眉溪兩岸的四庄，最初就是由以巴則海族為主的移住人口，所墾殖形成的聚落區（衛　1981）。

　　關於巴則海語，根據日治時期《傳說集》的記錄，本世紀初居住在苗栗鯉魚潭、豐原大社、及埔里地區的巴則海人，在家庭裡尚使用母語溝通（1935：4）。但是現在巴則海人的通用語言已經是閩南語；僅剩少數居住在埔里鎮的老人，對族語還有一些記憶。這些尚能記憶母語的巴則海族，

住在埔里鎮西南烏牛欄台地上（主要是今天的愛蘭里）的人，自稱 Pazeh；住在鎮東北眉溪兩岸（今牛眠山、守城份、大湳、蜈蚣崙四庄）的人，自稱 Kahabu。兩地的人可以很自然的交談，但在發音與用詞上略有差異（李 1990、林 1989、Ferrell 1970）。

我所調查紀錄的巴則海語，以 Pazeh 為主；調查期間為七十七年十月，及八十四年十月以迄八十八年五月；主要的發音人為潘金玉女士（1914 年生，現年八十六歲）、潘榮章長老、潘啟明先生[1]。由於巴則海語早已不是日用語言，發音人的記憶有限；因此本書用以分析的語料，除了個人的記音之外；必要時尚援用較早期土田滋（Tsuchida 1969）、費羅禮（Ferrell 1970）、李壬癸（1992a, 1990, Li 1978）三位先生的記錄。不過本書所用早期語料，都經過與潘女士重新核對[2]。

本書原是個人長期經營巴則海語的副產品，出版工作

---

[1] 他們都對自己屬於 Pazeh 相當自覺。有時還會有意識的區分，某個詞 Pazeh 的話怎麼說，Kahabu 又怎麼說。不過我也很清楚的從他們的發音中，聽到一些被認為是屬於 Kahabu 的音韻特徵（Ferrell 1970、Tsuchida 1969、李 1990）。因此本文所說的巴則海語 Pazeh 方言，是地域性的，以說話人本身的認同為據；與語言內部的系屬，可能沒有直接的對應。無論如何，敬向以上諸位先生、女士、豐原大社的潘大和、潘萬益兩位先生，及所有關懷巴則海語的埔里地區人士深深致謝。

[2] 感謝李壬癸先生以早期記錄的語料核對本文初稿，糾正了一些發音人記憶失真處、及我的記音失誤。不過，如果本文的語料有任何錯誤，仍然是筆者無可推諉的疏失。

既經一波三折，個人出版的意願已然不高。然而經歷 921 地震，我看到嚴重受創的巴則海族群，只能沈默的因應災變，所謂家園重建卻是不可預知的未來。努力以應繁瑣的排版工作，期能順利出書，也許可以作為我對族人的一點奉獻。我不確知，今後是否還能再觀察、記錄這個語言。如果得蒙老天垂憐，今後我將在蜈蚣里，對若干 Kahabu 年長里民進行訪談，以便深入瞭解 Kahabu 是否還有母語復育的可能性。

二、本書內容概述

　　本書著意在描寫與詮釋現況的巴則海 Pazeh 語，而非重建昔日巴則海語的語法體系。而且我希望具有高中教育基礎的族人，只要付出適當的努力，都能理解本書的內容。所以我盡量避免艱澀的語言學專門論述，改以提供盡可能多的語料；企圖引導讀者從具體的語料，理解這個語言可能具有的語法規則。唯格於語言保存的現況，本書對巴則海語語法的分析描寫，勢必詳於音韻、構詞，但略於句法部門。事實上，第四章是不完整、未完成的一章。雖然我長期持續記音的工作；但可供分析句法的長篇語料，始終不可多得。第四章的完成，恐怕得期待年輕的巴則海族人。唯有他們樂意說自己的母語，能以母語說故事，甚至高談闊論。我才能取得足夠且詳實的語料，以為句法分析之用。更重要的是，如果期待巴則海語的明日，不會隨著耆老凋零成為故紙一堆。年長一代的巴則海人應該嘗試恢復使用自己的母語溝通，並教

導兒孫輩也學習使用母語。語言必須在口耳之間才能存活滋長；光靠紙上的記錄，無法復活語言。而語言作爲族群認同的印記之一，母語的啓蒙不應該只是一時熱潮；應該是族群可以永續耕耘的文化事業。

最後我必須說，再造一個比較接近完整、豐富，而且具實用性的巴則海語語法體系，光是記錄分析巴則海語是不夠的。族人若只有對母語的關懷，也不足以面對未來的世界。唯有對現在尚存活的台灣南島語，乃至整個南島語系活的語言的認識愈多，我們所重建的巴則海語的語法就能愈豐富，而且愈接近完整。這不僅是語言學的理想。語言作爲人與人溝通的媒介，欲與不同族群的人溝通，本來就需要了解對方的語言。因此母語的延續固然象徵族群的認同，拾回失落的母語確實是當務之急；同時學習並尊重本族系的異語言，也是今日台灣原住民需要正視的課題。因此我期望族人在閱讀自己的語言時，也能努力的閱讀本叢書的導論部分。何大安先生的「叢書導論」，學術論文的份量既使本書生色；用心的讀者也必然可以從中受益，雖然閱讀時將會比較吃力。

附帶說明，本書預設的讀者不需要具有語言學的專業訓練。但是以語言討論語言，難免牽涉專門術語。雖然我盡可能隨文解釋；如以一整段的文字，說明何謂南島語的「焦點系統」。考慮到也許還是有遺漏，或者解釋的不夠淺白；所以作了「索引」，以檢索相關術語的出處。現在經由團隊

合作，又提供了「專有名詞解釋」。相信讀者都能開卷有
益，閱讀愉快。

第2章
巴則海語的音韻結構[3]

　　本章主要是從音位系統、音節與語位結構、和音韻規律三個方面，說明巴則海語的音韻結構。

一、音位系統

　　現在的巴則海語最多只有廿二個音位。含十八個輔音，四個元音。可依發音部位及方法，分別列表如下（表(2.1)、(2.3)。本書所用符號參酌《台灣南島語言的語音符號系統》（李 1992a）一書建議使用的寫法，以方便打字；方括號為國際音標的寫法）：

表 2.1 巴則海語輔音音位表

		唇音	舌尖	硬顎	舌根	咽頭	喉音
塞音	清	p	t		k		'〔ʔ〕
	濁	b	d		g		
鼻音		m	n		N〔ŋ〕		

---

[3] 本節初稿曾於八十五年五月十七日在靜宜大學外研所宣講。承蒙外研所的師生，尤其是何德華、蔡恪恕兩位老師，提供了不少寶貴的建議。謹此致謝。當然如果這一部份仍有不盡理想的疏漏，都是筆者的責任。

擦音	清		s			x	h〔ɦ〕	
	濁		z					
邊音			l					
閃音			r					
滑音		w		y				

語音描述：

1. 巴則海語的／p、t、k／是一般語言常見的清塞音，讀如國語的ㄅ、ㄉ、ㄍ，原則上不送氣。偶然也可聽到送氣音[4]；但送氣與否不具辨義作用，可以不記出。此外，／k／有一個小舌音〔q〕的自由變體[5]。／p、t、k／在詞尾時不僅不送氣也不解阻。

2. 巴則海語以元音起頭或以元音結尾的詞，有時候可以聽到一個輕微的喉塞音／'／，就像國語零聲母的字往往也有喉塞音的起頭一樣。我認為，現在的巴則海語詞首詞尾的喉塞音不具辨義作用，可以視為 ø-（零輔音）的自由變體，因此不予標記[6]。但是詞間的喉塞音對說話人而言，則有其語音的真實性[7]。所以我仍保留／'／這個音

---

[4] 如 mukuruk 是用手指頭或拳頭 '敲擊'，或讀 mukhuruk。

[5] 如 hakezeN a saw '老人'，或讀 haqezeN a saw。

[6] 根據早期的記錄，我相信喉塞音原來是音位性的。如根據土田滋（1969）的記錄，巴則海語的 '蛋' 讀 batu'，'石頭' 讀 batu；但是現在我的發音人兩詞通常讀同音。又為了要區別兩個詞，'蛋' 他們會說 batu'ayam '鳥蛋'、或 batupataru '雞蛋'，而不單說 batu。又可參看 Ferrell 1970、Tsuchida 1969、及林 1989 的相關討論。

[7] 如 pai'alay 是 '生火'，而 pialay 是 '起初、開始'。

位，用他來標記音段之間發音動作的暫頓，或發音器官
的瞬間鬆弛。

3. ／b、d、g／分別是與／p、t、k／同部位的濁塞音，發
音時聲帶顫動。從語音上看／d／在元音／i／的前面，
有時會讀爲〔z〕[8]；加以詞尾的濁音總是清化[9]。相形之
下／b、d、g／在說話中出現的機率，比／p、t、k／少多
了。

4. ／m、n、N／是與／p、t、k／同部位的鼻音。／m、n／
讀如國語的ㄇ、ㄋ；至於舌根鼻音／N／國語只出現在韻
尾，因此沒有獨立的符號[10]。

5. 巴則海語有三個清擦音／s、x、h／。／s／讀如國語的
ㄙ，但在前高元音 i 之前往往顎化[11]。／x／的發音接近
國語的ㄏ，但成阻的部位比較靠後，接近小舌音〔χ〕。
／h／近似閩南語的喉擦音[12]，實際上卻是咽頭擦音；國
語中也沒有完全相當的發音。

6. ／z／是與／s／相對的濁擦音，國語沒有這個音位；讀
如英語 'zero' 的起首輔音。巴則海語的／z／在詞尾的
時候清化爲〔t〕[13]。

---

[8] 如 suwadi '弟妹'，或讀 suwazi。

[9] 可詳下文音韻規律的詞例。

[10] 國語的ㄤ、ㄥ就是以舌根鼻音為韻尾的韻母，國際音標寫為 aŋ、əŋ。

[11] 如 siatu '衣服' 實讀〔çiʸatu〕。

[12] 如閩南語 hŋ[5] '園'、hŋ[7] '遠' 的起首輔音 h-。

[13] 同註 9。

7. ／l／大致相當於國語的ㄌ。／l／作詞尾，有時變讀為〔n〕；但巴則海語的／l、n／還是不同的音位[14]。

8. 巴則海語的／r、w、y／也是國語沒有的音位。發／r／時通常舌尖翹起、輕輕拍下；在詞尾的時候舌尖並不拍下，聽起來像有輕微捲舌的〔d〕或〔l〕[15]。巴則海語的／w／讀如英語 'walk' 的詞首輔音，／y／讀如英語 'yes' 的詞首輔音。語音上，巴則海語在元音串 'iu、ia' 或 'ui、ua' 之間，通常會分別發出過渡音 'y' 和 'w' [16]；但我們並不標記這樣的過渡音，以免混淆。

9. 理論上，所有輔音都能出現在詞首、詞中、詞尾。實際上，濁塞音／b、d、g／及濁擦音／z／在詞尾都清化了。所以說話時，聽不到詞尾有濁的塞音或擦音。

---

[14] 如 '骨頭' bul 或讀 bun，'肚子' tial 或讀 tian。但 tunu 是 '鼻涕'、tutulu 是 '中指'；mesenaw 是 '洗'、risilaw 是 '白'。

[15] 甚至有時就像〔l〕一樣，讀成〔n〕。如 musutur '脫衣' 或讀 musutun。事實上，／d、l、r／三個舌尖部位的輔音，今讀明顯有混淆的趨勢。這可以從比較李壬癸、土田滋、費羅禮三人的記音資料看到；我個人前後相隔七、八年的記音資料亦是。比如 '食指' 原記 sapiatulu，去年底（1995）發音人認為 sapiatudu 比較正確（土田滋記為 sapiatudu），而 '中指' 還是 tutulu（參看註 14）。又如，aleb-i 是 '關（門）！'，語幹 alep 是 '門'；m-arep 是 '搧'，語幹 arep 是 '扇子'。alebi 和 marep 不會混。但有時發音人會說，arep 既指的是 '扇子'，同時又指兩片 '門板'。我認為這是受到他們普遍使用閩南語的影響（參看林 1989、Ferrell 1970）。但是／d、l、r／還是三個不同的音位：bari '風' 的 -ri 和 dali '日子' 的 -li 不混；alu dini 是 '（過）來這裡！'，adu dini 則是 '放在這裡！'。

[16] 參看註 11，及下文音節與語位結構的說明。

表 2.2 巴則海語輔音在詞首、詞中和詞尾的詞例

輔音	詞 首		詞 中		詞 尾	
p	punu	頭	rapay	皮膚	muNazip	咬
t	tadah	眼屎	mahatan	高興	rumut	肉
k	kakudah	眉毛	bekes	毛髮	daurik	眼睛
'	— —		mutu'un	編、織	— —	
b	bari	風	lubahiN	紅色	— —	
d	dais	臉	laladan	桌子	— —	
g	gamay	馬	baget	肥胖	— —	
m	marebet	皺紋	xumak	家屋	dalum	水
n	nahada	有	binayu	山	rahan	嘴
N	NauNaur	聲音	maNit	哭	adaN	一個
s	suwadi	弟妹	abasan	兄姐	ilas	月亮
x	xalam	菜蔬	kixiw	麻線	padesax	明、精
h	hapuy	火	kahuy	樹木	sasapuh	掃帚
z	zeket	門閂	saguzut	蓆子	— —	
l	lepeN	牙齒	hilut	尿	belebel	香蕉
r	rakihan	小孩	muris	羊	damer	露水
w	wazu	狗	xawas	藤	mubariw	買
y	yaku	我	ayam	鳥	sumay	飯

表 2.3 巴則海語元音音位表

	前	央	後
高	i		u
中		e〔ə〕	
低			a

音值說明：

1. 巴則海語的／e／是一般的央中元音，大致相當於國語的
   ㄜ；唯在輔音／s、z／之後，／e／讀央高元音〔ɪ〕[17]。

2. 巴則海語的／u／讀如國語的ㄨ；但鄰接輔音／h、r／
   時，很一致的變讀爲〔o〕。元音／i／讀如國語的一，鄰
   接輔音／h、r／時，也會變讀爲〔e〕。

3. 巴則海語的／a／是偏央的後低元音，相當於國語的ㄚ，
   或ㄠ、ㄤ兩個韻母中的主要元音。

表 2.4 巴則海語元音分佈的詞例

元音	詞 首		詞 中		詞 尾	
i	inusat	酒	muziN	鼻子	mulasi	稻穀
u	uhuda	從前	dukul	芋頭	damu	血
e	ezet	蛇	retel	村落	daxe	地
a	abaxa	肩膀	karaw	腳	rima	手

4. 巴則海語在詞中的位置允許 'ai' 和 'au' 這樣的複元
   音，如 '臉' dais、 '眼睛' daurik。此時語音上的 -
   i、-u 不單獨成音節，音值分別近似 y、w；但還不到有
   摩擦的程度。因此我也不將他們寫成 days、dawrik。就
   音節與語位結構而言， 'ai' 和 'au' 的兩個音段屬於同
   一個音節；和上文提到的元音串性質不一樣， 'ia' 或
   'ua' 不是同一音節的音段。

---

[17] 如 zeket '門閂' 實讀〔zɪket〕，selem '油脂' 實讀〔sɪlem〕，ezet '蛇' 實
讀〔ezɪt〕。

5. 巴則海語的首位音節，偶爾可以聽到有〔ii〕〔uu〕
〔aa〕[18]的長元音。或者有時爲了語意的強調，非重音音
節的元音會重讀，感覺上元音稍長。實際上，現在的巴
則海語長短元音不具辨義作用，因此不需要在音位系統
上區別元音的長短。

6. 巴則海語的重音，很一致的落在最後一個音節；因此不
予標記。唯有少數詞例，語調重音也是負載辨義訊息的
成分。如 mamadéN 是‘男人’或‘男性青年’，重音
落在末位音節；若特指‘成年男性’時，則非重音節也
重讀[19]。這種情形應該標記在辭典裡。而巴則海語語調重
音的聲學和音韻性質，有待進一步深入研究。

7. 一個語位若加上後綴，重音也會轉移到新詞的末位音
節。也就是說，新詞的重音落在後加的詞綴上。

---

[18] 根據構詞的觀察，早期的巴則海語可能有來自元音串／a-a／的長元音
〔aa〕。比如 ma-sisaik（＜saik‘屎’）是‘拉屎’，有時候發音人爲了強
調該動作進行中，會將首音節的元音拉長，讀如 maa-sisaik（比較土田滋
1969）。我認爲 maa-sisaik 原來可能應該是 m-a-a-sisaik；中插的 -a-，是表
示事件持續進行中或動作行爲初發端的附加詞綴。此可比較 udal‘雨’、m-
udal‘下雨’、m-a-'udal‘下著雨’；mu-puzah‘到了’、m-a-u-puzahay‘就
要到了’。由於前綴是 ma-，當其加插中綴 -a- 時，兩個相鄰音節的相同元
音，遂有合併讀長元音的可能。不過現在若向發音人求證，通常不得要領；
有時會另外給一個由重疊首音節的詞，來表示進行中的事件或動作。如 'si-
sisaik'、'pu-puzah'。因此，本文只是指陳可能有這樣的音韻現象，而不
擬做過多的推理。

[19] 參看註 18。比較土田滋（1969），他將十四歲到廿三歲的‘男青年’記爲
ma:ma:ləN。按照我的理解，他的〔:〕表示長元音。

以上我們描述了巴則海語的音位系統，及輔音、元音的音值；並且對語音變化的現象作了一些必要的說明。下文音韻規則還要對語音變化的現象作進一步討論。

二、音節與語位結構

音節是語言中具有結構意義的基本音韻單位，不同的語言有不同的音節結構特徵。如果以 V 表示元音，以 C 表示輔音，巴則海語的音節型態可以有如下四種：

V　：-i 表示命令語態的後綴。-u 直接呼叫某人、或擬人化之事物的語氣詞。u、a 是標記賓格的語法詞；a 同時也是連結修飾語和中心語名詞的語法詞。[20]

VC　：-en 動詞後綴，通常表示非主事者（/受事者）焦點。-an 動詞後綴，表示方位或處所。-ay 動詞後綴，表示事件或行為尚未實現、將要實現的。

CV　：pa- 表示致動或使役（causative，簡寫 cau.）的前綴。ka 表示主題化的助詞，或連結子句的連接詞。sa- 動詞前綴，或表示動作對象的客體、所指實物的前綴。

CVC：bul '骨頭' ，saw '人' ，rak '朋友、伴侶' [21]。

---

[20] 具體的用法及詞例，可詳三、四章構詞法和句法的討論。下同。

[21] naki a rak 有兩種意思：可以說是 '我的朋友' ，也可以指自己的 '配偶' 。

歸納可得巴則海語的音節結構爲(C)V(C)。如果一個音節只包含唯一的核心元音，這個元音必須是 i、u、a；而永遠不會是 e。

　　語位是指最小具有語法功能的單位。所謂「最小單位」的尺度，可以有不同層次的考慮。本文採取比較寬泛的標準，「最小單位」不是嚴格的語幹。事實上有些語幹的形式，從來就不見於實際說話中。因此如果某個詞在發音人的認知中是一個完整的單位，即使根據推理該詞前後可能有可以分析的詞綴；但切割後的形式，發音人認爲沒有意義。在這裡我就不予分析，而認爲整個是一個單一的語位。根據這個原則，巴則海語的語位，都是由一個或一個以上的音節所組成的。因此音節結構的四種型態，也是語位結構的四種型態。多音節詞的語位組合，大致可有如下數種常見的型態：

VCV：ini '不'，usa '去'，abu '灰'。

VCVC：iriN '後腰'，abuk '男性名'[22]，adaN '一(個、位)'。

VCVCV：imini '這個'，apuzu '膽'，abaxa '肩膀'。

VCVCVC：inusat '酒'，abasan '兄姐'，umamah '田地'。

VCVCVCV：alipuhi '抖落灰塵！'，ilaleNa '閉嘴、安靜！'。

VCVCVCVC：ahinisan '囪門'，a'ideman '臥室'。

VCVCVCVVC：a'itukuan '椅子'。

CVCV：punu '頭'、daki '垃圾'[23]，sapa '帶子、腰帶'。

---

[22] 原為植物名。昔日巴則海族的男性常以樹之名命名。據說 abuk 因其樹相招搖，還含有華而不實之意；因此 abuk 又用來戲稱愛吹牛的男人。

[23] '髒東西'，所以也可以指稱 '頭皮屑'。

CVCVC：bekes '毛髮'，lukus '褲子'，xumak '家屋'。

CVCVCV：babizu '書信'，mulasi '稻穀'、saNira '耳朵'。

CVCVCVC：belebel '香蕉'，kakamut '手指'，risilaw '白'。

CVCVCVCV：baribari '蒜頭'，hahasiki '攤佈' [24]。

CVCVCVCVC：kinisizan '緣、邊'，sasarisan '大腿'。

CVCVCVCVCV：xasebidusa '七'，kamilumilu '棧房'。

CVCVCVCVCVC：kaligigihan '呵癢'，maxababakal '俯臥'。

CVCVCVCVCVCV：muhunipataru '牡雞'，maxadaxedaxe '裝
神弄鬼'。

CVCVCVCVCVCVC：matu'asa'asay '煩悶、無地自容、羞慚' [25]，
kadipelepelan '(食物)哽塞' [26]，
kinarumurumux '湯圓' [27]。

CVVC：tial '肚子'，xias '新'。

CVVCV：siatu '衣服'，hiumi '吸氣！'。

CVVCVC：kiaren '漂亮' [28]，dialay '芝麻'。

CVCVVC：basiaw '月桃' [29]，sahium '吹氣的竹筒'。

CVCVVCVCV：maxiarese '流淚'，sapiatudu '食指' [30]。

---

[24] hasiki　parizaxi 是 '將稻穀攤平來曬' 的意思。pa-rizax-i 的 rizax 是 '太陽'。

[25] 此與 matu'adaN '又（錯）一個' 意思相近。

[26] 這裡的 '哽塞' 指的是文言的 '飯窒' 或 '噎'。更精確的說，閩南語的 keN[1]kui[1]，可指咽部氣管與食道分途的部位，由於同時分管飯食與呼吸，稍不小心便容易 '噎著'。

[27] 亦可泛稱以米飯加工作成的圓形食品。

[28] 通常用來指「物」。

[29] 亦可指稱野生香蕉花末端心形的 '芭'，可食。

[30] 參看註 15。

CVCVVCVCVC：makiakanen '飢餓' [31]，pasiaseraw '喧嘩、吵嚷' [32]。

CVCVCVVC：marike'en '分家、離婚'，maxaruak '貧窮'。

CVCVCVVCV：paputiuki '撲滅(火)！'，maxaruaru '悲泣'。

CVCVCVVCVC：rahaNuanan '入口處'，maxaxaidaN '天花'。

CVCVCVCVVC：tikakariaN '裸體'、tabalaluan '鬼、邪靈'。

CVCVCVCVVCVC：paxililiuNan '鏡子'。

CVCVVCVVC：mariariax '捉迷藏' [33]。

CVCVVCVVCVVC：maxuriariak '健康、勇壯'。

CVCCVC：bintul '星星'，lamtak '稀粥' [34]、duNduN '鼓'。

CVCVCCVC：baranban '水缸'。

　　觀察以上音節與語位型態，可知巴則海語的一個語位最多可由六個(C)V(C)的音節組成。原則上，因為非詞尾的C，都屬於下一個元音的音節；通常只有詞尾的音節可以是(C)VC 的型態，其他位置的音節都會是(C)V。不過，我們也觀察到詞間是可以有輔音串的。但是如果有輔音串，則頭一個輔音一定是鼻音；第二個輔音不會是鼻音或喉塞音。而且，從一些重疊構詞的現象也可以看到，巴則海語的語位結

---

[31] 這個詞顯然和 meken '吃' 有關。也許可以分析成 ma-kia-kan-en，可比較 ka-kan-en '可吃的'。

[32] 也用在客套話，意思是 '打擾你了'。

[33] 不盡然是兒童戲耍的專稱，相當於閩南語的 saN³tshue⁷ '相找'。又閩南語的 VN 表示鼻化元音，下同。

[34] 閩南語的 am²，昔日以為滋養的流體食物。

構，原則上是迴避輔音串的（Ferrell 1970：75）。如上舉詞
例有：

1.　matu'asa'asay　～　*matu'asay'asay　　　煩悶
2.　kinarumurumux　～　*kinarumuxrumux　　湯圓
3.　kadipelepelan　～　*kadipelpelan　　　嗄塞
4.　mariariax　～　*mariaxriax　　　　　捉迷藏
5.　maxuriariak　～　*maxuriakriak　　　健康、勇壯

又如：

6.　mukuduN 打[35]　：maukudukuduN　對打
7.　mubaket 拍打[36]　：maubakebaket　互相拍打

此外，六個(C)V(C)的音節展開後，不會有三個或三個以上
連續單純元音的元音串；而且元音串不會出現在詞首或詞尾
的位置。若結合前文對音位分佈的說明，巴則海語的語位結
構，還限制詞間元音串不會是相同的兩個元音[37]；詞尾的 C
不會是濁塞音、擦音、和喉塞音；詞首的 C 也不會是喉塞
音。又因為一個音節若只包含唯一的核心元音，這個元音必
須是 i、u、a；因此語位間也不會出現含 e 的元音串。

三、音韻規律

　　巴則海語音韻規律的運作，和構詞有密切的關係；屬

---

[35]專指手持棍棒或武器的‘打’。
[36]通常指以手掌‘打’屁股。
[37]參看註 18。

於詞音位轉換的音韻規則是必用的。此外導生實際的語音表式，如前文音值說明，也要運作一些音韻規律。都將在這一節作進一步的形式化的敘述。

（一）重音規律：巴則海語的重音，如前所述，落在語位的最後一個音節。並且一個語位一旦加上後綴，重音也隨之位移到新詞的末位音節。例如：

8.　musuzúk　藏　　：suzuk-í　　　　藏起來！
9.　mutabúk　啄　　：tabuk-én　　　啄過(PF[38])
10.　mupuzáh　到了　：m-a-u-puzah-áy　就要到了[39]

可用規律表示如下：

(1)　V ⟶ V́／＋（C）＿＿（C）＃

規律(1)的＃表示詞界，＋則爲音節界號。

（二）詞尾濁音與清音轉換規律：巴則海語的濁塞音、擦音在詞尾清化。因此我們可以看到如下詞音位轉換的現象：

p~b、t~d、k~g　的轉換

11.　xasep　　五　　　：xaseb-i-turu　　八(五+三)
12.　mutizup　點燃火種　：tizub-i　　　　點燃火種(照明)！
13.　alep　　門、關閉　：aleb-i　　　　關閉！[40]
14.　isit　　十　　　：isid-u-adaN　　十一(十+一個)
15.　murikat　斷　　　：ririkad-ay　　　會斷
16.　zeket　　閂閂　　：zeked-i　　　　閂上門！

---

[38]PF 表示該動詞形式爲受事者焦點或非主事者焦點，下同。

[39]參看註 18。

[40]參看註 15。

上述詞例，按照語義的關聯，左右兩邊的語詞應該有相同的語幹。所以顯然的，右邊詞尾的清塞音，與左邊後加成分前的濁塞音有音位轉換的關係。這種關係，可以用音韻規律的運作加以解釋。根據我們對音位系統的觀察，由於巴則海語的詞尾本來就有 p、t、k 音位；而且我們實際看到，有些清塞音尾的語詞加上後加成分之後，該清塞音並不變讀濁塞音，如例(8)、(9)。因此我們認為語幹的基本形式是左邊後加成分前的濁塞音，而濁塞音在不接任何後加成分時變讀為清塞音。這樣我們同時也解釋了，語音分佈上 b、d、g 不出現在詞尾的現象；因為詞尾的濁音都讀成同部位的清音了。這裡我找不到 k~g 轉換的明顯詞例。但是根據同一類的音位，可能有相同的音韻行為。我可以合理的推論：如果有基式為 -g 尾的詞，也會讀成清音的 -k 尾[41]。於是我們可以寫成如下音韻規律：

$$\begin{bmatrix} b \\ d \\ g \end{bmatrix} \longrightarrow \begin{bmatrix} p \\ t \\ k \end{bmatrix} \Big/ \underline{} \#$$

z~t 的轉換

17. surixit　滑　　：parixiz-i　使滑！
18. muri'it　磨碎　：ri'iz-en　推磨
19. 　　　　　　　　：ri'iz-i　磨！

---

[41] 雖然缺乏 k~g 轉換的明顯詞例，並不是完全沒有相關的音韻現象。如果從重疊構詞的形式看來，像 ma-rigarik '搖晃（如桌椅的樺接處鬆了，所以搖晃）' 這樣的詞形，準語幹的 rigarik 應即為複迭音節 -rig 的結果；我們看到的可能就是詞尾的 -g 清化為 -k。

如同前述 b、d、g 與 p、t、k 的轉換，我們認爲這裡語幹
‘滑’的基式是／rixiz／，而語幹‘磨’的基式是／ri'iz／。
但是兩詞基式詞尾的濁擦音 z，不接任何後加成分時語音形
式爲清化的塞音 t。也就是說，濁擦音 z 在詞尾時清化爲
同部位的清塞音 t。但這種情形就一般語言的通性而言，是
較少見的。前文我們曾經提到，／d／在元音／i／之前有時
變讀爲〔z〕。因此如果只有命令語態的例子，我們也可以
設想‘滑’的基式爲／rixid／，‘磨’的基式爲／ri'id／；
表面語音的 z，有可能是因爲後綴爲元音 -i，使／d／顎化
變讀的結果。但是，例詞(18)可以說明我們選擇的正確性[42]。
因此濁擦音 z 的清化，可以寫成音韻規律如下：

$$z \longrightarrow t \; / \underline{\hspace{2em}} \; \#$$

上述兩條規律可以文字敘述概括爲一則規律：

(2)〔濁塞音、擦音〕⟶〔清塞音〕／＿＿＿　詞尾

（三）喉塞音脫落：就平面音韻看，巴則海語詞首、
詞尾的喉塞音雖似可有可無；從構詞的變化裡，我們還是可
以看出喉塞音是基底音韻的獨立音位。可看下列詞例：

20.　sa-pataNa　鑰匙　：pataNa'-i　(用鑰匙) 開！
21.　dali　　　天、日　：dali'-an　　白天

---

[42] 雖然 t~z 的轉換既不易辨識，現成的例詞亦復不多。但經由觀察複迭音節的
語詞，我們還是可以找到一些旁證。如 ma-bezebet ‘勸架’，準語幹的
bezebet 可能即爲 -bez 複迭的結果。果是，我們看到的便是複迭之後詞尾的
-z 清化爲 -t。又可參考註 41。

22. iruma　　　找　　　：iruma'-en　　找到了

23. udal　　　雨　　　：m-a-'udal　　下著雨[43]

根據我們的經驗，合理的推測是，基式的喉塞音在詞首、詞尾時脫落[44]。不僅如此，基式有喉塞音的語詞，當其加綴其他輔音的時候，喉塞音也會脫落。

24. midem　　　睡覺　　：a-'ideman　　　　床

25. mituku　　　坐　　　：a-'itukuan　　　椅子

26. mitalam　　　跑　　　：m-a-'ita-'italam　賽跑[45]

27. batu'ayam　(鳥)蛋　：batupataru　　　　(雞)蛋[46]

像這樣，我們可以將巴則海語喉塞音脫落的現象陳述為：喉塞音在詞首或詞尾脫落，前接或後接其他輔音時喉塞音也會脫落。可以合併寫為一則規律：

(3)　　　　　　　　　　　　# ___

　　'　⟶　ø／Ψ

　　　　　　　　　　　C ___

規律(3)的 Ψ表示這是鏡像規律，因此拆開來有四種情況：# ___（詞首）、___ #（詞尾）、C___（前綴輔音）、及 ___C（後綴輔音），都會使喉塞音脫落。

---

[43] 參看註 18。

[44] 也就是說，就歷時的觀察而言，如果我們有完整的語料，巴則海語的喉塞音應該均勻的分佈在詞首、詞尾。但是由於發音人不完全的記憶，對於今讀以元音起首或收尾的語詞，未必都能有足夠的語料，可推定其基底形式是否有喉塞音。

[45] 參看註 18。又此指多數人競逐，特別是指巴則海族傳統「走標」的賽會。

[46] 參看註 6、7。

（四）央元音脫落：巴則海語有表示事件持續進行中、或動作行為初發端的中綴 -a-，通常加插在動詞語幹的首位音節。此時若首位音節的元音是央元音 e，央元音會被中綴 a 取代。可看下列詞例：

28. kadi-pelepel-an　哽塞　　　：p-a-lepel-en　哽著(PF。
　　　　　　　　　　　　　　　　　　　　　　　參看註 26)
29. me-seket　　　歇息　　：m-a-seked-ay　該歇息了
30. me-xe'et　　　綁、連結　：m-a-xe'ed-en　綁起來(PF)
31. kekemet　　　眨眼示意　：k-a-kemet　　示意(別人)
　　　　　　　　　　　　　　　　　　　　　　　眨眼

此一現象和音節與語位結構限制──一個音節若只包含唯一的核心元音，該元音不會是央元音 e；語位間不會有含央元音 e 的元音串──是一致的。因此我認為這是非重音節的央元音在中綴 -a- 之後脫落；其中也許經歷央元音弱化的過程，只是現在無從求證[47]。像這樣央元音脫落可以寫成規律如下：

(4)　e　　⟶　　ø╱ a____ +

以上四則音韻規律的運作，均屬必用；但並沒有次序的先後。此外，前文描述音值時，曾提及一些語音變化的現象；下文也可以形式規律加以表示：

（五）央元音高化：前述央元音／e／在舌尖擦音後變

---

[47] 參看註 18。央元音弱化的過程，也許就如同 m-a-a-＞m-a:＞m-a 一樣。

讀央高元音〔ɪ〕。如下列詞例[48]：

32. maxiarese 〔maxiaresɪ〕 流淚
33. pasiaseraw 〔pasiasɪraw〕 喧嘩、吵嚷
34. xasep 〔xasɪp〕 五
35. xasebituru 〔xasɪbituru〕 八
36. ri'izen 〔ri'izɪn〕 推磨 (詞 18)
37. meseket 〔mesɪket〕 歇息 (詞 29)

這是表層語音將輔音所具有的硬顎前性，延伸至元音的結果。可以寫成規律如下：

(5) e ⟶ ɪ／{s，z} ____ +

（六）高元音低化：前述高元音／i、u／鄰接／h、r／時，會變讀為〔e、o〕。我們認為這是因為咽頭音和閃音同屬非高輔音，才使得鄰近的高元音讀為中元音。如下列例詞：

38. bari 〔bare〕 風
39. lubahiN 〔lubaheN〕 紅色
40. kahuy 〔kahoy〕 樹木
41. sasapuh 〔sasapoh〕 掃帚
42. hilut 〔helut〕 尿
43. rakihan 〔rakehan〕 小孩
44. mubariw 〔mubarew〕 買
45. uhuda 〔ohoda〕 從前

導生這樣的語音形式，可以運作如下規律：

---

[48] 又可參看註 17 的詞例。

(6)
$$\begin{bmatrix} i \\ u \end{bmatrix} \longrightarrow \begin{bmatrix} e \\ o \end{bmatrix} \Big/ \mathit{\Psi} \{h \, , \, r\} \underline{\qquad}$$

以上，是元音受到鄰接輔音的影響產生的變化。這些都是導生表層語音形式必用的規則。

巴則海語還有一條非必用的音韻規律。即前述詞尾的邊音／l／，有時候會讀爲舌尖鼻音〔n〕；可參看註 14 的例詞、及第五章的「基本詞彙」，此不再贅舉。邊音變讀鼻音的規律形式可寫成

(7)　l　$\longrightarrow$　n　$\Big/ \underline{\qquad} \#$

目前，我們只有詞尾邊音變讀爲舌尖鼻音的例子，並沒有發現舌尖鼻音在詞尾變讀爲邊音的例子。不過，並不是凡屬詞尾的邊音，都會讀成舌尖鼻音；同一個發音人同一語詞的詞尾邊音，也不是每次都讀成舌尖鼻音。而且邊音變讀爲舌尖鼻音，也不涉及構詞的變化。不過我也觀察到有個別語詞，似乎經過重疊構詞的手段；其中複疊音節的邊音在詞尾讀鼻音，如

46.　muhilihin　～　muhinihin　　打穀

第 3 章

巴則海語的構詞法

　　構詞法是指語言內部經由一定的語法規則構造新詞的辦法。經由構造新詞可以豐富和擴大語言的詞彙，以應日新月異的言語表達的需求。根據學界的看法，構詞的法則對母語使用者是內化的能力。但是，如果現在年輕的巴則海族人想要使用母語彼此溝通，他們必須像學習外語一樣，學習語法、學習掌握構詞的法則，才能重複使用已知的語詞單位，根據言談溝通的需要，變化詞彙的型態和意義。因此這一章我嘗試說明，巴則海語的詞彙以什麼方式，改變詞幹的形式和意義。

　　巴則海語構詞的手段，主要是在詞幹上添加詞綴構成新詞，即衍生構詞。有時也可經由重疊的辦法產生新詞。以下即就附加詞綴及重疊構詞分別舉例說明。

一、衍生構詞

　　巴則海語有豐富的前綴，語音的形式相當複雜。只是由於發音人不完整的記憶，多數前綴的互異形式，現在已經

不易給予明確的語意或語法範疇的定義；有些音段是否爲前
加語位，甚至都難以確認。中綴和後綴則只有有限個數，而
且範疇的定義較明確。以下分別舉例說明一些常用的附加詞
綴。

（一）前綴。本文所列舉的前綴，有一個形式條件。即凡經
過分析之後的語幹，必爲可獨用、或準獨用的的表面語式；
其餘不獨用的前加音段，其語意或語法作用可以相當程度的
概念化者爲前綴。

（1）／**a-**／通常結合附加後綴／-an／的動詞，新詞表示行
使該動作行爲的處所或物件。如第二章的例詞(24)、(25)：

    1.   midem 睡覺   ：a-'idem-an 床(睡覺的地方)

    2.   mituku 坐   ：a-'ituku-an 椅子(坐的地方)

又如下面兩則例詞亦是

    3.   muhinis 吸氣   ：a-hinis-an 囟門[49]

    4.   miliw   挑、擔   ：a-'iliw-an 扁擔

（2）／**mV-**／是最常見的動詞前綴。詞根前加／mV-／，
用爲一般陳述句的動詞。／mV-／有五種語音形式：〔m-〕
〔mu-〕〔ma-〕〔mi-〕〔me-〕。詞根與什麼形式的前綴
搭配，應該與動詞的下位範疇分類有關。但是就現有的語
料，求諸發音人不完全的母語記憶，我不能肯定動詞分類的
規則。以下先就前綴的五種語音形式分別舉例說明：

    前綴〔m-〕通常加綴在以元音起首的動詞詞根之前。

---

[49] 嬰孩的‘囟門’，可以看到隨著呼吸的節奏有規律的起伏，故稱之。

〔m-〕若加綴在名詞前，便造成與該名詞相應的動詞，如前引例(1)、(2)、(4)。以下可再舉數例：

5.　m-adu　放置　：adu'-i　放著！
6.　m-arep　搧　　：arep　扇子[50]
7.　m-udal　下雨　：udal　雨

靜態動詞以外的所有動詞，幾乎都可以有前綴〔mu-〕。部份名詞也可以在語幹前加〔mu-〕，新造與該名詞相關的動作動詞；如下列例詞之(15)－(19)。

8.	mu-xapi	辮、結(頭髮)	：xaxapi	正在辮、結(頭髮)
9.	mu-hinis	吸氣	：hinis	呼吸、氣息
10.	mu-hium	吹	：hiumi	吹氣！
11.	mu-Nazip	咬	：Nazibi	咬吧！
12.	mu-pidis	挽面	：pipidis	正在挽面
13.	mu-tunur	(用拳)打	：tunuren	打中(PF)
14.	mu-siNar	追逐(人)	：siNaren	追上(PF)
15.	mu-zumut	塞	：sazumut	塞子
16.	mu-laNuy	游泳	：salaNuy	(魚)鰭
17.	mu-nunuh	(嬰兒)吸乳	：nunuh	乳房
18.	mu-rapay	剝皮[51]	：rapay	皮膚
19.	mu-bizu	寫、畫	：babizu	書信、字畫

巴則海語的靜態動詞通常會有前綴〔ma-〕，但離析得出的語幹有些只是準獨用。如例詞(20)、(21)。另外，有些名詞語幹之前若加綴〔ma-〕，也可使該名詞轉變爲動詞；

---

[50] 或稱‘門板’。可參看註 15。
[51] 指擦傷或割傷而剝落掉一層皮。

如詞例(25)、(26)。

20. ma-taru a dalum 洪水   ：ma-taru 大

21. ma-xiut a dalum 泥水、濁水 ：ma-xiut 渾濁

22. ma-narip 瞇、閉眼   ：narip 眼睛瞇著(將進
                                       入睡眠狀態)

23. ma-karit 乾、渴   ：karit 乾燥

24. ma-rixaw (飯煮的太)軟、爛 ：rixaw 糜爛

25. ma-siatu 穿(衣)   ：siatu (上)衣

26. ma-kuras 打雷   ：kuras 雷

27. ma-suaw 打呵欠   ：suaw 呵欠

前綴〔mi-〕〔me-〕使用的機率不高，但是搭配的往往是常用的、屬於基本詞彙的動詞。

28. mi-kita   看   ：kikita   看著

29. mi-kiliw   叫喚   ：kikiliw 頻頻叫喚

30. me-te'eN 投、擲 ：te'eNen 投中(PF)

31. me-ken   吃(飯) ：kaken   正在吃[52]

32. me-depex 讀、唸 ：depexen 唸過(PF)

33. me-derek 吞   ：dereki   吞下！

也有個別詞例顯示，同一詞根可以有前綴〔ma-〕或〔me-〕、〔mu-〕、〔mi-〕，但兩個詞形的意義有別。如：

---

[52] 由目前的語料比對結果，巴則海語表示‘吃’或‘餵食’的語幹，似乎是／kan／。不審何以讀成 meken、kaken。雖然有時也可以聽到發音人將 meken 讀成 mekan；但是 kakanay ki sumay 是‘正要吃飯’，yaku kakenay 則是‘我等會吃’。

34.　ma-kiliw　　叫喚(pl.[53])　：mi-kiliw　　叫喚

35.　ma-kita　　　對視　　　：mi-kita　　　看(詞 28)

36.　ma-paraw　　呲牙裂嘴　：mi-paraw　　呲牙裂嘴[54]

37.　ma-surixit　　傾斜　　　：mi-surixit　　滑倒

38.　ma-baket　　　打架　　　：mu-baket　　　打

39.　ma-kawas　　　對談　　　：mu-kawas　　　講話

40.　ma-Nazip　　　互相咬　　：mu-Nazip　　　咬

41.　ma-riariax　　捉迷藏[55]　：mu-riax　　　找尋

42.　ma-bari　　　　颱風　　　：mu-bari　　　(電扇)送風

43.　ma-rapay　　　蛻皮[56]　：mu-rapay　　剝皮(詞 18)

44.　me-derek　　　吞　　　　：mu-derek　　囫圇吞(詞 33)

起初我猜測像例詞(34)－(36)的 ma- 可能是前綴 mi- 加插中綴 -a- 時，元音 i 脫落的結果（即 ma-＜*m-a-＜*m-a-i-）[57]。所以有前綴 mi- 的詞，可能只是陳述該動作；有前綴 ma-（＜*m-a-i）的詞，才是真正發爲動作。不過這樣的猜測，與發音人的解釋不合。更重要的是，這個語言還有像(45)、(46)這樣的詞。

45.　m-a-i-kita　　正看著[58]

46.　m-a-i-kiliw　　正叫喚著[59]

---

[53] 齊聲叫喚的意思。pl. 即複數 plural 的簡寫，下同。

[54] yaku mi-paraw，isiw ma-paraw 意思是 '我呲牙裂嘴，你（也向我）呲牙咧嘴'。

[55] mariariax 不專指童戲，凡兩人互為找尋對方都可稱之。又可參看註33。

[56] 也可稱說冬天皮膚乾燥 '掉皮屑'。又可參看註51。

[57] 參看註 18。並比較註 47。

[58] 發音人以閩南語說 te'⁴khuaN³。

因此當初的猜測不能成立。比較合理的解釋應該是，／mV-／的五種語音形式果然對應動詞的下位範疇分類。而觀察這些詞例，詞(34)－(41)可以歸結出一個共通的對比：即 ma- 系列的詞，都是指稱兩者或兩者以上，具體的你來我往的動作；而 mu- 系列的詞，則爲指稱抽象動作的動詞。至於(42)、(43)的差別是，有前綴 ma- 的詞表示自力、自然力的作爲；有前綴 mu- 的詞表示人爲的、由外力造成的作爲。詞(44)則 ma- 可以說是靜態動詞，相對的 mu- 是強調持續動作的動詞。因此這幾對詞只是勉強還算符合上述，動態動詞用／mu-／、靜態動詞用／ma-／的推論。由於動詞的下位範疇分類牽涉到語言使用者對意義世界的認知、聯想，及語言社群內部的語用約定。如果還有一群人共同使用巴則海語交談溝通，假以時日或可望得出這個分類的精確法則。若求諸少數發音人不完全的記憶，我就只能揣摩如上約略的輪廓。這個輪廓可以描述爲：當語幹爲元音起首時用前綴〔m-〕。這樣的動詞不多，而且主要的制約條件是音韻的、是音節與語位結構限制的結果。其次，動態動詞的前綴主要是〔mu-〕，這樣的動詞要不是指陳一般性、抽象的動作，通常就是有明顯及物性的動作行爲；相對的，靜態動詞的前綴主要是〔ma-〕，這樣的動詞通常是不及物的，或指動作的性質狀態而言。至於〔mi-〕〔me-〕多作爲常用動詞

---

[59]發音人以閩南語說 te^{14}kio^3。

的前綴，可能係常用詞音韻形式較保守；其中當然也可能有已然失落的音韻條件的環節，比如前綴元音有可能類化於語幹元音。

（3）／**pV-**／是衍生致動或使役動詞(cau.)的前綴，表示主語允許、致使發生某一事件，或致使某個動作得以進行。理論上，這個前綴應該和相對的／mV-／前綴一樣，也會有五種語音形式。實際上，除了〔p-〕，如詞例(47)之外，我的語料裡只能確認〔pa-〕〔pi-〕〔pu-〕三種語式。這三種形式，可能也和音韻條件的運作結果有關；同時三種語音形式，也理應和動詞的下位範疇分類有大致的對應。但是經過一再測試，並比對材料的結果，對於／pV-／，比起／mV-／式的前綴，我所能作的推論更爲有限。大致上，我只能說〔pa-〕是最常見的形式，發音人也傾向於簡化成只用〔pa-〕。下面是一些有／pV-／前綴的詞例：

47.	p-alebi	讓(他關)！	: alep	門、關閉(第二章詞 13)	
48.	pa-siNasen	塞牙縫(PF)	: ma-siNas	剔牙	
49.	pa-laleNan	住所	: ma-laleN	居住、生活	
50.	pa-tapesi	過篩！	: mu-tapes	篩	
51.	pa-sipui	罰跪！	: mu-sipu	跪	
52.	pa-kan	餵食	: me-ken	吃飯(比較詞 31)	
53.	pa-kita	指示	: mi-kita	看(詞 28、35)	

54.	pa-zakay	讓(他)走！	: mu-zakay	走
55.	pi-sumay	蒸飯	: sumay	飯
56.	pi-hilut	把尿	: mu-hilut	排尿
57.	pi-surixit	使滑倒	: mi-surixit	滑倒(詞 37)
58.	pi-dekedek	使沈下去	: mi-dekedek	潛水
59.	pu-xuriuk	吹口琴、吹口哨	: xuriuk	口琴[60]

我們可以看到，帶有〔mu-〕〔mi-〕〔me-〕前綴的動詞，相對的使役動詞都帶著相同的前綴〔pa-〕，如詞例(50)—(54)。而(57) pi-surixit 有時讀成 pa-surixit，(58) pi-dekedek 有時也讀成 pa-dekedek；倒是(54)的 pa-zakay 有時卻讀成 pu-zakay[61]。此外，帶有／pa-／前綴的動詞，少見有加插中綴 -a- 之後讀長元音的痕跡[62]。

（4）／maka-(~maxa-)／、／paka-／。還有兩個與／mV-／、／pV-／直接相關的前綴，是／maka-(~maxa-)／、／paka-／。可分別舉例如下：

60.	maka-madu	結果實	: madu	果實
61.	maxa-tulala	花開	: tulala	花
62.	maxa-rapiaw	化蝶	: rapiaw	蝴蝶、飛蛾
63.	maxa-tabarak	(葉子)變黃	: tabarak	黃

---

[60] 巴則海人早期的竹製樂器，像閩南人的 phin⁷a。

[61] 一有這種情形，追問的結果，發音人或者會自我糾正，或者做出勉強的解釋。比如 pisurixit 是「無意中」讓什麼人或物‘滑倒’，而 pasurixit 則是「故意的」。這種解釋的精確度與可信度，儘管很難拿捏；卻顯然的反映了一個不再是日用口語，不再經常鍛鍊的語言，單憑記憶難免簡化失真。

[62] 參看註 18。

64.　maka-lubahiN　(葉子)變紅　：lubahiN　　紅

65.　maka-riak　　和睦　　　：riak　　　　好

66.　paka-karit　　使乾　　　：ma-karit　　乾、渴(詞 23)

67.　paka-baza　　告訴、通知　：mabaza　　知道、懂

68.　paka-madiNil　弄彎、使彎　：madiNil　　彎、歪

69.　paka-mataru　使(長)大　　：mataru　　大

70.　paka-maxiut　攪渾　　　：maxiut　　渾濁(詞 21)

大致看來，兩個前綴的基本語義都是「變化」。／maka-
(~maxa-)／表示自然化育；而／paka-／表示人力造成的改
變。這和前述／mV-／和／pV-／兩種前綴的區別是一致
的。至於／maka-／和／maxa-／也許還可進一步細分，可比
較詞(65)和(71)：

71.　maxa-riak　　富裕　：riak　　　好

但是目前我找不出可以推論的根據。事實上，還有其他帶有
／maxa-／的語詞。

72.　maxa-rahan　　張嘴　：rahan　　嘴

73.　maxa-damu　　流血　：damu　　血

74.　maxa-diaray　癩疹　：diaray　芝麻

（**5**）／**matu-**／、／**mati-**／、／**tu-**／。與此相關的還有
／matu-／、／mati-／和／tu-／。／matu-／、／mati-／的
／ma-／，應該與前綴 ma- 為同一語位；因此多由名詞衍
生前加／matu-／、／mati-／的動詞；但是把前綴 ma- 取
消掉則不成詞。可比較下列詞對：

75.　matu-xumak　造屋　：xumak　家屋

76.　matu-tilikat　設陷　：tilikat　陷阱

77.	matu-baru	偷偷生產	: baru	私生子
78.	mati-kuribu	穿裙子的	: kuribu	裙子
79.	mati-rukus	穿褲子的	: rukus	褲子

反之，前綴／tu-／有「使成」之意。多由名詞或感官知覺之詞衍生表示產生變化的動詞。／tu-／還能加插中綴 -in-和 -a- 分別衍生表示變化已然完成、或變化正在進行中的新詞。可看下面的詞例：

80.	tu-baNaxux	變腥	: baNaxux	魚腥味
81.	tu-baNazi	變香	: baNazi	芳香
82.	tu-hais	有狐臭	: hais	腋窩
83.	tu-marinu	變酸	: marinu	酸味
84.	tu-pazit	變苦	: pazit	苦味
85.	tu-sazek	變餿	: sazek	餿臭
86.	tu-xubus	變甜	: xubus	甜味
87.	tu-ziah	變壞	: haziah	壞

至於在／tu-／前綴加插中綴 -a-、-in 的實例，可看下面對話：

88.　mu-rimat　yamadu=siw？
　　　［　添加　　糖　你　］
　　　'你放糖了嗎？'

89.　rimad-en　dahu　a　yamadu　ka　t-a-u-xubud-ay。[63]
　　　［　添加　多　　糖　　　　變甜　　］
　　　'已經放了很多糖，應該夠甜了。'

---

[63] 甜味的詞尾為 -s，為什麼在加了後綴 -ay 之後，變讀為 /d/ 的機制，還不很清楚。我以為變甜的基底音韻形式應該是 /xubuz/；則其表式的音韻變化仍為濁音清化。可參看音韻規則(2)。

90. Hua，　eder　　t-in-u-xubus　　lia。

　　[好　　真的　　　變甜　　　了]

　　'夠了，很甜了。'

前綴／tu-／有可能與／matu-／的 tu-，為同一語位。由於語言的變化應用，本來容許發揮想像、創造新詞。因此對這些語詞，我們只想指陳現有的語言現象；而不是在沒有明確根據的情況下，做推理性的討論。

（6）／ta-／前綴通常結合表示祈使語態的後綴／-aw／，表示「讓我（／我們）來做某事、某種動作」。有時候也結合命令語態的／-i／後綴，表示「（去）做（什麼）吧！」[64]。ta- 這個語位想必和第一人稱複數包括式的 ita、-ta 密切相關（比較 Ferrel 1970：78）。

91. ta-te'eN-aw　　讓(咱們)來投擲　：mete'eN　投擲

92. ta-laNuy-aw　　讓(咱們)來游泳　：mulaNuy 游泳

93. ta-derek-aw　　(咱們)吞吞看　　：muderek 囫圇吞(詞 33)

94. ta-kan-aw　　　(咱們)吃吃看　　：meken　吃(飯，詞 49)

95. ta-pakan-aw　　讓(咱們)來餵　　：pakan　　餵食(詞 52)

96. ta-daux-aw　　　讓(咱們)來喝　　：mudaux　喝

---

[64] 一般而言，中文的「命令句」或「祈使句」都是翻譯語法術語的「imperative」，指語句或動詞的一種形式，這種形式可以表示命令、請求或禁止進行某項動作。因此這裡所說的命令語態和祈使語態，應該都統屬於「imperative」。不過，嚴格的說，巴則海語只有加後綴 -i 的動詞形式才相當於「imperative」。我所說的祈使語態，只是方便說法，用以表示說話人對所說事件的態度。祈使語態表示說話者的態度，祈願親自執行某項動作；若就事件而言，則為虛擬的（subjunctive）事件或情狀。至於巴則海語的後綴 -aw 應該如何正名，在此無法深論。

以上是祈使語態。可以比較下面三個命令語態的例子，三例都是招呼親友飲食的習慣套語。

97. ta-kan-i　sumay　　吃飯吧！
98. ta-daux-i　inusat　　喝酒吧！
99. ta-kazip-i　saken　　挾菜吧！（：kakazip　筷子）

（7）／**ka-**／通常結合表示非主事焦點的後綴 -en（或 -an）。／ka-...-en／的作用不容易概念化。下面是爲數不多的詞例：

100. ka-kan-en	可以吃	：me-ken	吃飯(詞52、94、95)
101. ka-kela'-en	(故意)踩	：kela'i	用力、使勁(踩)
102. ka-lialiak-en	嫌髒(、難看)	：maliak	討厭、不喜歡
103. ka-saisim-an	惹人憐愛[65]	：saisiman	真心意愛
104. ka-NeseNesel-en	(覺知)危險	：maNesel	害怕、驚惶
105. ka-lawad-en	領受、承接	：palawadan	支架[66]
106. ka-lamik-en	傷風、受寒	：lamik	寒、冷

這一組例詞除了(105)(106)之外，衍生的新詞似乎都與主事者的判斷、主觀的察知有關。與此相關的，還有可以得出比較明確的概念化語義的／kali-(~kati-)／；而且似乎／kali-(~kati-)／還是頗爲能產的前綴。可看下面的詞例：

---

[65] 閩南語的 sioq[4]。
[66] 此原指桌、椅的腳架，支撐爐具的鐵架。引申則凡可支撐重物的支架，都可稱之爲 palawadan。

107. kali-gigihan　　怕呵癢[67]　：mugigih　　呵癢

108. kali-'aNidan　　愛哭　　　：maNit　　　哭

109. kali-meken　　　愛吃　　　：meken　　　吃飯

110. kali-makawas　愛說話　：makawas　說話

111. kali-maturay　　愛唱歌　：muturay　　唱歌[68]

112. kali-hatanan　　愛笑　　　：mahatan　笑

113. kati-pelepelan 哽塞　　：palepelen 哽著(第二章例詞 28)

從漢語的詞義解釋看來，kali-(~kati-) 有「愛」的意義；似乎相當於 hapet '愛、喜歡'。不過，hapet 是一個可獨用的實詞語位[69]，意義純然是正面性的。kali-(~kati-) 則不獨用，而且不全是正面的意義。比如，「愛哭」的嬰孩令人煩躁；「愛吃」可以有貪饞的意思；「愛說話」的可能是喋喋不休的人；「愛笑」則可能是忍不住想笑。

（8）／sa-／前綴如同一般南島語，是巴則海語的參考焦點（RF）詞綴。因其通常表示具有某種作用或功能之意，亦可視為名語化的附加語位；如例詞(114－125)。sa- 若結合表示受事者焦點的後綴 -en，為強調某物或某事被人為利用的功能；如例詞(126－130)。若語幹前綴 sa- 後綴 -an，則表示具有該語幹之作用或功能的處所；如例詞(131－134)。

---

[67] 閩南語的 kiaN[1]giauN[1]。

[68] 根據發音人的解釋，maturay 是 '唱戲' 的意思。前綴 mu-、ma- 所衍生的動詞義類有別，前文之「前綴（2）」略有討論，可參看。

[69] 如 yaku　ka　haput　balan '我愛貓'。

114. sa-ken	菜肴	: meken	吃(飯，詞 52)
115. sa-daux	喝的、飲料	: mudaux	喝(詞 96)
116. sa-kita	眼鏡	: mikita	看(詞 28、35、45、53)
117. sa-suku	尺子	: musuku	(用尺)量
118. sa-bexes	(噴水的)管子	: mebexes	噴水(澆花)
119. sa-tilap	屋瓦、茅草	: tilap	屋頂
120. sa-pasiatu	給穿的	: pasiatu	穿衣(比較詞 25、78、79)
121. sa-piatudu	食指	: piatudu	指(示)
122. sa-pakan	給吃的、飼料	: pakan	餵食(詞 52)
123. sa-panat	火柴	: panadi	生火！
124. sa-puzu	鑽子	: puzui	鑽！
125. sa-parizax	曬衣架、竹篙	: parizaxi	曬太陽[70]
126. sa-daux-en	杯子	: mudaux	喝(詞 96)
127. sa-kapit-en	花扣	: mukapit	扣(衣服)
128. sa-depex-en	書桌	: mudepex	讀(書，詞 32)
129. sa-pakarid-en	烘乾機	: makarit	乾(詞 66)
130. sa-senaw-en	洗衣機	: mesenaw	洗(衣服)[71]
131. sa-hihip-an	吸管	: muhihip	吸吮
132. sa-laNuy-an	大溪(可以游泳)	: mulaNuy	游泳(詞 16)
133. sa-kapit-an	扣洞	: mukapit	扣(衣服，詞 127)

---

[70] 參看註 24。

[71] 昔日人們因 '洗衣服' 使用搓揉、捶打的動作，而有專名曰 mubazu。現在交給洗衣機洗，因此 '洗衣服' 和 '洗碗盤、洗手' 一樣，都說 mesenaw。

134. sa-hilut-an　　狗作的記號[72]　：mu-hilut　排尿(詞 56)

顯然 sa- 是相當能產的語位。不過，巴則海語指稱具有某
種功能或作用的處所，似乎也可以重疊首音節爲之；因此發
音人興起，也會造出如下相關新詞：

135. ka-kan-an　　餐館　　　　：kaken　　　正在吃

　　　　　　　　　　　　　　　　　　　(飯，詞 100)

136. da-daux-an　茶室、酒家　：sa-daux-en　杯子(詞 126)

137. da-derek-an　喉嚨、食道[73]：muderek　　囫圇吞

　　　　　　　　　　　　　　　　　　　(詞 33、44)

就像(129)的烘乾機、(130)的洗衣機一樣，餐館、茶室或酒
家，對巴則海人而言，當然是漢化後的現代文明語詞；這些
語詞不妨視爲發音人根據個人的聯想，嘗試造的新詞。但是
「喉嚨」作爲吞咽食物的生理器官，則未必是生造的詞。合
理的認知應該是，巴則海語對同一類屬的認知範疇，原來就
有不只一種構詞的辦法。

（9）／si-／。與／sa-／有關的還有／si-...-an／。可看下面
的詞例：

138. si-kuhih-an　　生疥癬　　　：kuhih　　　疥癬[74]

139. si-pilax-an　　生癬　　　　：pilax　　　癬

140. si-pusu-an　　生瘡　　　　：pusu　　　瘡[75]

---

[72] 直譯是'撒尿的地方'。不過，通常是狗才有這種習慣，在經過處撒一泡尿
　　作記號。

[73] 可詳下文「重疊構詞」的討論。

[74] 昔日衛生條件不佳，男童或男性青年常患的皮膚病變；會經由接觸而傳染。
　　如患處在頭部，俗稱癩痢頭、臭頭。

141. si-supizaN-an　生痱子　　　：supizaN　　　痱子
142. si-laNa-an　　化膿　　　　：laNa　　　　膿
143. si-nat-an　　　長胎記處　　：sinat　　　　胎記、痣
144. si-bunux-an　　腫過的痕跡　：mabunux　　腫起來
145. si-ziuziux-an　禿斑[76]　　　：maxaziuziux　禿頭
146. si-tatupuN-an　長菇(的薪材)：tatupuN　　蘑菇
146. si-xapet-an　　長苔蘚　　　：xapet　　　苔蘚[77]
148. si-ali-an　　　長筍子　　　：ali　　　　　筍(、孫子)
149. si-pazeN-an　　會長刺　　　：pazeN　　　刺

能加綴／si-...-an／的語詞不太多。多指體表病變的印記，或稱生長某些特殊植物的地方[78]。

以上，說明巴則海語常用的前綴。可簡單表示如下：

表 3.1 巴則海語常用的前綴

	前綴	例　　　　　詞
	a-	midem '睡覺'：a'-ideman '床'
mV-	m-	arep '扇子'：m-arep '搧'
	mu-	hinis '呼吸'：mu-hinis '吸氣'
	ma	kuras '雷'：ma-kuras '打雷'
	mi	kikita '看著'：mi-kita '看'
	me	dereki '吞下！'：me-derek '吞'
pV-	p-	alep '門、關閉'；p-alepi '讓（他）關！'
	pa-	mu-sipu '跪'：pa-sipui '罰跪'

---

[75] 泛指閩南語的 liap[8]a。

[76] 指頭部的皮膚病變。

[77] 特指一種生長在泉源處的植物，可食美味，為昔日族人嗜食的自然食品。噶瑪蘭人亦喜食此種苔蘚。

[78] 比較本章例詞(48)，巴則海語的 '菜渣' 或稱 '齒間殘餘物'，說 <u>siNasen</u>。

pi	mi-surixit '滑倒'：pi-surixit '使滑倒'
pu	xuriuk '口琴'：pu-xuriuk '吹口琴'
maka-	madu '果實'：maka-madu '結果實'
maxa-	tulala '花'：maxa-tulala '花開'
matu-	xumak '家屋'：matu-xumak '造屋'
mati	rukus '褲子'：mati-rukus '穿褲子'
paka-	tabarak '黃'：paka-tabarak '變黃'
tu-	marinu '酸味'：tu-marinu '變酸'
ta-	mudaux '喝'：ta-dauxi '喝吧！'
ka-	lamik '寒、冷'：ka-lamiken '傷風、受寒'
kali-	meken '吃'：kali-meken '愛吃'
sa-	piatudu '指示'：sa-piatudu '食指'
si-	pilax '癬'：si-pilaxan '生癬'

（二）中綴。巴則海語只有／-a-／／-in-／兩個動詞中綴。

（1）中綴／**-a-**／是表示事件持續進行中，或動作行為初發端的附加語位；通常加插在語幹首位音節的輔音之後，如第二章的例詞(24)、(25)，及「前綴」的例詞(1)—(4)。如果該動詞已經附加前綴，-a- 就直接附加於前綴的輔音之後；第二章的例詞(10)、(23)、(26)、(28)、(29)、(30)、(31)，及第三章的例詞(45)、(46)等，即是。以下再各舉若干詞例：

1.	m-a-'ituku	坐下	：m-ituku	坐(第二章例詞 25)
2.	m-a-itul	起床	：m-itul	醒
3.	m-a-ixiNar	病痛呻吟	：mixiNar	生病
4.	m-a-i-kita	看見	：mi-kita	看(「前綴」詞 28、45)

5.	m-a-u-kukusa	作田園	: mu-kukusa	田園工[79]
6.	m-a-u-didis	正在擦拭	: mu-didis	擦拭
7.	p-a-isipi	夢中	: pisipi	作夢
8.	p-a-i-xalaman	蒸籠	: pi-xalam	熱菜
				(＜xalam 菜蔬)
9.	p-a-i-hilut	正在把尿	: pi-hilut	把尿
				(「前綴」詞 56)
10.	p-a-uzipet	正在捆紮稻草	: puzipet	捆紮(稻草)[80]
11.	t-a-umala	聆聽	: tumala	聽
12.	t-a-initin	秤重	: tinitin	磅秤[81]
13.	g-a-irigir	正在鋸	: sagirigir	鋸子
14.	h-a-ideN	懷孕[82]	: hideN	(體積)大、重

中綴 -a- 和前綴 a- 可能是同一語位（Ferrell 1970：77）。
他們的語音形式無別，語詞的義類也不難聯想。可看下面兩
則詞例，並比較第二章的例詞(24)、(25)：

15. m-a-'idem 睡著 ：a-'ideman 床(「前綴」詞 1)

16. m-a-'ituku 坐下 ：a-'itukuan 椅子(「前綴」詞 2)

（2）／-in-／。巴則海語的中綴／-in-／，基本上是衍生完成
體動詞的附加語位。通常會加綴於前綴／mV-／、／pV-／
的輔音之後。「完成」的概念引申可以指稱事件或動作的結
果，如例詞(18)(27)(29)(30)(36)(37)等；或者指稱事件或動作

---

[79] 這個詞義直譯閩南語的 tshan⁵hŋ⁵kaŋ¹。

[80] 比較 puzipuzit，是將散置的稻草 '收攏' 來的意思。

[81] 原意為昔日的一個重量單位，所以又以可以稱 '斤'。

[82] 習慣用法。原義是「體積 '大' 起來了」。

留下的痕跡，如例詞(32)(34)(38)(39)等。

17. m-in-u-daux　　　喝過了　　　：mu-daux　　　喝

（「前綴」詞 96）

18. m-in-u-bizu　　　題字[83]　　　：mu-bizu　　　畫、寫

（「前綴」詞 19）

19. m-in-u-zakay　　　走過了　　　：mu-zakay　　　走

（「前綴」詞 54）

20. m-in-aNat　　　哭過了　　　：m-aNit　　　哭

21. m-in-a-busuk　　　醉了　　　：ma-busuk　　　醉

22. m-in-a-perepen　　　痲過了　　　：ma-perepen　　痲痺、

抽筋

23. m-in-i-kita　　　看了　　　：mi-kita　　　看

（「前綴」詞 28）

24. m-in-ituku　　　坐過　　　：m-ituku　　　坐(詞 1)

25. m-in-a-'ituku　　　坐下了　　　：m-a-'ituku　　坐下(同上)

26. p-in-a-katur　　　剃完頭　　　：pa-katur　　　剃頭[84]

27. p-in-a-haras　　　已躺過[85]　　　：pa-haras　　　(去)躺下

28. p-in-a-hazap　　　被刺到　　　：pa-hazap　　　被刺

29. p-in-a-sulihen　　　烤熟了(可食)　　：sulih　　　烤[86]

30. p-in-a-izazuk　　　(水)開過了　　：m-a-izazuk　　正沸騰

---

[83] 昔人識字者寡，文書往返多半請讀過書的人代筆。因此 minubizu 其實是說，「請人寫字‘已經寫好了’」。

[84] 可比較‘刮鬍鬚’為 mu-katur。

[85] 又可狀人‘大字臥倒’。

[86] 閩南語的 pu^5。

31.	p-in-a-suen	引領[87]	: asu'i	引領！
		(去了。PF)		
32.	t-in-abukan	紋身、刺青	: tabukan	(鳥)啄處
				(第二章詞 9)
33.	t-in-aNitiNiti	極凶惡	: taNiti	(面貌)凶惡
34.	k-in-uris	抓痕	: kurisen	被(貓)抓
35.	k-in-amalamalaN	很鋒利	: kamalaN	鋒利
36.	s-in-ais	縫合	: mu-sais	縫
37.	s-in-uNusuN	合計、總量	: mu-suNusuN	計數
38.	z-in-azakayan	走過的痕跡[88]	: mu-zakay	走
				(「前綴」詞 54)
39.	r-in-ubaN	墳墓	: mu-rubaN	埋

此外靜態動詞重疊並附加中綴 -in-，可以衍生表示該性狀達於極致的新詞。如下面的詞例便是：

40.	t-in-abarabarak	極黃	: tabarak	黃
41.	t-in-ereherehel	黑漆漆	: terehel	黑
42.	l-in-ubahibahiN	極紅	: lubahiN	紅
43.	r-in-isilasilaw	蒼白	: risilaw	白
44.	m-in-axiuxiut	極渾濁	: maxiut	渾濁
45.	t-in-urikarikan	花花綠綠	: turikan	花(色)

巴則海語的中綴 -in-，如上述詞例所示，主要是衍生完成體動詞；因此和一般南島語常見的、表示主動語態的動

---

[87] 閩南語的 tshua[7]。

[88] 又可專指蝸牛爬過的痕跡。

詞中綴 -(u)m-，應該不是對當的語位。反而是前綴 mV- 和
-a- 中綴的語法功能，與一般南島語表示主動語態的 -(u)m-
比較接近（Li 1978、Ferrel 1970）。這也許是巴則海語的特
徵之一。不過，在我所收集的的語料中，有一則疑似 -(u)m-
中綴的例子。可看例詞(46)：

　　46. z-em-ed-i 擠(進去)！ ：ma-zet 緊迫、侷狹
孤例不足以論證，只是提供了再思的端倪。

（三）後綴。這一節討論巴則海語的後綴。這裡所說的後
綴，不包括後附式的主格人稱代名詞。

　　巴則海語有五個後綴。分別是表示命令語態的／-i／、
祈使語態的／-aw／；表示說話時事件或行為並未實現、即
將實現的後綴／-ay／；及表示非主事者焦點的／-en／，和
表示地方或處所的／-an／。前文均已分別有過例詞，不再
一一重複。以下再各舉數例，並重點說明各附加語位的作
用。

（1）後綴／-i／和／-aw／。巴則海語區分兩種說話的態
度。一種是說者對聽者下令、驅使聽者執行某個動作或某項
事件，這種態度使用附加後綴／-i／的動詞；另一種是說者
表示願意親自行動、或希望夥同聽者共同進行，則動詞附加
後綴／-aw／。前者才是真正的命令語態[89]。以下是命令語
態動詞的詞例：

---

[89] 參看註 64。

1. pakakarid-i   乾杯！[90]   : pakakarit   使乾
2. pakakaritix-i   使成圓球形！   : karitix   圓球形
3. paukusa-i   放走！[91]   : mukusa   (離)去
4. paparaxiu'-i   放走！[92]   : maraxiu   掙脫、脫走
5. kazip-i   挾(菜)！   : kakazip   筷子
6. bizu-i na   寫下！[93]   : mubizu   寫、畫
7. dipud-i   擺齊！   : mudiput   整齊
8. silipad-i   並排放好！   : silipat   排列[94]

附加了後綴 -i 的命令語態動詞，便可以作爲語意完足的句子。而有後綴 -aw 的動詞，通常還要加前綴 ta-；並且要以第一人稱領屬格代名詞爲句子的主語。可比較(9)、(10)兩句，及(11)、(12)兩句：

9. wazu   ana   xe'eden，paparaxiu'-i！
   [狗   不要   綁   放走(cau.)]
   '狗不要綁，放他走！'

10. wazu   ana   xe'eden，ta-paparaxiu'-aw   **naki**。
   [狗   不要   綁   放走(cau.)   我的]
   '狗不要綁，我來放走。'

---

[90] 作為「乾杯」的意思，是男性直率的語言。女性對同一語詞的認知，往往是「使什麼東西乾吧！」。

[91] 通常是將抓在手中的動物'放走'。

[92] 通常是將被綁著、關著的動物'鬆綁、放開'。

[93] 同意賒帳的時候，要對方簽名畫押時說的話。na 是語末助詞。

[94] 指收拾原來散置的物品，陳列排放。

11.　ita　　ka　　da-daux-i　inusat !
　　　[咱們 (T)[95]　　喝　　　酒]
　　　'咱們（繼續）喝酒！'

12.　ita　　ka　ta-daux-aw　**nita**　(ki)　inusat !
　　　[咱們 (T)　　喝　　　咱們的 (主)　酒]
　　　'咱們來喝酒吧！'

附加後綴 -aw 的動詞，以屬格爲句子的主語。這一點和非主事焦點動詞的行爲是一樣的（比較 Ferrell 1970：79）。可再看下列語句：

13.　xe'ed-i　ki　wazu !
　　　[綁　(主)　狗]
　　　'綁狗！'

14.　wazu　(ka)　xe'ed-en　**naki**　lia。
　　　[狗　(T)　　綁(PF)　我的　(了)]
　　　'狗我綁起來了。'

15.　ta-xe'ed-aw　**naki** !
　　　[　綁　　　我的]
　　　'我來綁吧！'

16.　paka-maxiud-i　ki　dalum !
　　　[　攪渾　(主)　水]
　　　'把水攪渾！'（比較詞 111）

17.　imini　dalum　ka　paka-maxiud-aw　**naki**。
　　　[這　水　(T)　　攪渾　　　我的]
　　　'這些水我（故意）攪渾的。'

_____

[95] ka 是巴則海語的助詞，表示前面的語詞成分爲主題。本書以 "T" 爲記，下同。

18. imini babizu　ka　depex-en　**naki**。
　　[這 　書 　(T) 　讀(PF) 　我的]
　　'這本書我讀的。'

（2）／-ay／。我認爲巴則海語的後綴／-ay／，並非只是表示時間的未來；而是說話者預期事件會實現、或動作將要執行。換言之，後綴 -ay 表示說話的時候，事件尚未實現、或尚未完成（比較 Ferrell 1970：79）。下面先擇要以附加後綴 -ay 的動詞，和沒有後綴的動詞作爲對舉。

19. makarid-ay 　就要乾了 　：makarit 　乾、渴
20. maxiud-ay 　將會渾濁 　：maxiut 　渾濁
21. maupuzah-ay 　就要到了 　：mupuzah 　到了(第二章詞 10)
22. maizazuk-ay 　正要沸騰 　：maizazuk 　沸騰
23. taileked-ay 　就要飽了 　：tileket 　飽
24. paxarihan-ay 　快遺忘了 　：paxarihan 　遺忘
25. pate'eN-ay 　就要被丟(石頭)了：mete'eN 　投擲
26. dederek-ay 　正要吞下去 　：minederek 已經吞了
27. kaken-ay 　等會兒吃[96] 　：mineken 　吃(飽)了
28. pakan-ay 　正要餵 　：pinakan 　餵過了

可以再看四組例句，(29)－(32)、(33)－(36)、(37)－(38)、(39)－(41)。以見實際對話時，附加後綴 -ay 的動詞用在什麼情況。

---

[96] 參看註 52，並比較下列例句 40－41。

29. <u>mu-puzah</u>　lia ki nisiw　a　　ali？
　　[抵達(AF)　(了)(主) 你的　(L)[97]　孫子]
　　'你的孫子來了嗎？'

30. nukuazixa　<u>puzah</u>　lia。
　　[昨天　　　抵達　(了)]
　　'昨天就來了。'

31. <u>m-a-u-puzah-ay</u>　ki naki　a　ali。
　　[(就要)抵達　　(主) 我的　(L)　孫子]
　　'我的孫子就要來了。'

32. imisiw　a　saw　kaidi daran muzakay，
　　[那　(L)　人　(在)　路　走
　　<u>m-a-u-puzah-ay</u>。
　　(就要)抵達　　]
　　'他已經上路了，就要到了。'

33. imini　a　dalum ka riak　lia？
　　[這　(L)　水　(T) 好　(了)]
　　'這水可以喝（了）嗎？'

34. riak，　<u>p-in-a-izazuk</u>　lia。
　　[好　　煮開(了)　(了)]
　　'可以，煮開過的水。'

35. ini，imini　a　dalum ka　<u>m-a-izazuk-ay</u>。
　　[不 這　(L)　水　(T) (正要)沸騰]
　　'不，這水正要沸騰。'

36. pakamatadu-i ki hapuy ka <u>m-a-izazuk-ay</u> ki dalum。
　　[使 大 (主) 火 (T) (正要)沸騰 (主) 水]
　　'使火旺些，水就要開了。'

---

[97]這裡的 a 是連結詞（Linker ligature）。本書以 "L" 為記，下同。

37. imini　wazu　ka　p-in-a-kan-en　naki。

[　這　　狗　(T)　　餵養　　我的　]

'這狗是我養的。'

38. pakan-ay　wazu　lia = ku。[98]

[(正要)餵　狗　（了）我　]

'我正要餵狗。'

39. m-in-ek-en　laisiw[99]。

[　吃飽了　　你　]

'你吃飽了嗎。'

40. mayaw，　kaken-ay　yaku。

[(尚未)　(等會)吃　我　]

'還沒有，我等會吃。'

---

[98] 發音人很肯定這是好的句子。雖然按照推理，動詞 pakanay 似乎不應該有一個附著式主格代詞，而應該以領屬格代詞為主事者。可比較下面三句：

38a. pakan-ay　rumut　ki　wazu　naki。

[(正要)餵　肉　(主)　狗　我的]

38b. yaku　ka　pakan-ay　rumut　ki　wazu。

[　我　(T)　(正要)餵　肉　(主)　狗　]

38c.?pakan-ay=aku　a　rumut　ki　wazu。

[(正要)餵　我　(賓)　肉　(主)　狗　]

'我正要餵狗吃肉。'

不過附著式代詞所附著的對象如果是 lia 時，另當別論。第四章句法的「人稱代詞」部分，對這個現象還會有所說明。

[99] 這裡暫時按照土田滋的辦法，以 laisiw 為第二人稱作格（ergative）。現在的巴則海語人稱代詞的格位分際，已經不很嚴謹。但是發音人在某些特定的語境裡，還是區別格位的。又可參考句法部份的說明。此外(39)(40)兩句正好是一問一答。

41. alu　meken= mu，<u>kakan-ay</u>[100]　yaku。

[來　吃　你們　(就要)吃　　我]

‘來，你們（先）吃，我也要來吃。’

巴則海語表示‘煮沸、燒開’的語根爲 izazuk。前加 m-，mizazuk　a　dalum 即指‘開水’；加中綴 -a-，maizazuk 表示「水在‘沸騰’」；再加後綴 -ay 時，視語境的不同，而有(35)的「正要開始‘沸騰’」與(36)的「就要‘燒開’了」兩層意思。水從開始被加熱的 pa-izazuk，到完全煮沸離火 pinaizazuk (34)，中間是一連續的過程。也就是說，巴則海語的中綴 -in- 和後綴 -ay，正好是相對的，表示「完成」與「未完成」的附加語位；兩者出現的語境是互補的。

（3）／-en／。和其他南島語系的語言一致，巴則海語的後綴／-en／，主要也是衍生非主事焦點的動詞。使用附加後綴 -en 的動詞時，語句的主語通常是受事者、經驗者、或客體（可詳第四章句法的相關討論）。第一身的主事者一般是不說出來的；其他二、三身的主事者若必要明說，必須帶領屬格標記 ni 。如果使用人稱代詞，就用領屬格人稱代詞。前文已引述過許多這類動詞，不再贅舉。下面直接以若干例句，簡單說明後加／-en／的語詞用在什麼情況。

---

[100]　參看註 52。

42. imini siatu <u>p-in-isuzuk-en</u>　di a'itukuan a ruburubu，
　　[　這　衣服 (已經)被藏(PF) (處所)　椅子　(L)　下面
　　naN　<u>kita-en</u>　**ni** saw，　liaka　iruma-en　lia。
　　不(想) 看(PF)　(屬)　人　(還是)　找(PF)　　(了)]
　　'衣服讓我給藏在椅子下面了；不想讓人家看見，還是給
　　找著了。'

43. muta= ku，<u>uta'-en</u>　　ka　riak　lia。
　　[　吐　我　吐(了)　(T)　好　(了)]
　　'我想吐，吐出來就舒服了。'

44. asay　paimini？　<u>kaken-en</u>。
　　[　什麼　　這　　(可)吃(PF)]
　　'這是什麼（完全不識）？可以吃的。'

45. naki　a　　dukun　<u>adu'-en</u>　dini，<u>kan-en</u>　**nimu**
　　[我的(L)　芋頭　　放(PF)　這裡　吃(PF)　你們的
　　dadua　lia。
　　全部　(了)]
　　'我的芋頭放在這裡，全給你們吃光了。'

46. mikita=siw？ haziak　<u>kakita-en</u>，　naN　　mikita。
　　[　看　你　不好　　看(PF)　　不(愛)　看　]
　　'你看了嗎？不好看，不想看。'

47. mudal a dali，ausin　mukusa，<u>a'udal-en</u>　kalamikay。
　　[下雨 (L) 日子 不要　出去　　雨淋(PF) (會)感冒　]
　　'下雨天別出去，被雨淋了會感冒的'

48. <u>sasay-en</u>　muburiak　ki　siatu？
　　[怎麼(PF)　　做　　(主) 衣服]
　　'衣服怎麼做？'

後綴／-en／有一個變體／-(s)en／，只有在人（或擬人化事物）的名稱之後，才會附加 -(s)en。可看下列例句：

49. uhuza a　　saw dusa，namisiw　　a　　laNat ka
　　[從前 (L)　人　二　他們的　　　(L)　　名字 (T)
　　<u>awi-sen</u>　　iw　　<u>itih-en</u>。
　　(男性名)　(和) (女性名)]
　　‘從前有兩個人，他們的名字叫做 awi 和 itih。’

50. isiw　ka　asay　　a　　　laNat？
　　[你　(T)　什麼　（賓）　名字]
　　naki　　a　　　laNat　　ka　<u>kim-gio-sen</u>。
　　[我的　(L)　　名字　　(T)　（金玉）　]
　　‘你叫什麼名字？我的名字叫金玉。’

（4）／-an／。如同其他南島語系的語言，巴則海語表示方位焦點（LF）的語位，也是後綴／-an／。由於巴則海語還有一個前置的處所格符號 di（Li 1978：577-578），相當於國語的‘在’[101]。因此現在的巴則海語附加方位後綴的語詞，多半像前文已經列舉的，由 sa-...-an 構形，表示具有特定功能的處所；及以 si-....-an 構形，表示生長特定植物的處所，或體表病變的印記等詞彙化名語。少見以直接活用附加後綴 -an 的衍生動詞，來變化語句的。下面有幾則例句，多少還能見到加了方位後綴的語詞之實際應用。

51. imisiw　　a　　xumak　p-in-a-laleN-an　　lia= ku。
　　[那　　(L)　房子　　住過處　　　（了）我]
　　‘那房子我住過了的。’

---

[101] 參看例句 42，並比較例句 32 的 kaidi。

52. riak a   pa-laleN-an, pa-laleN-i！
　　[好 (L)　 住處　 　　住　]
　　'適合居住，（你）去住吧！'

53. usa，adu'-i disiw，imisiw　a　laladan　ka　adu'-an
　　[去 放 那邊 　那 (L)　桌子　(T) 放
　　saken。
　　菜肴]
　　'去，放那邊！那桌子用來擺菜肴。'

54. imini　ka　kaken-an　a　laladan。
　　[這 (T)　吃(飯) (L)　桌子]
　　'這是吃飯的桌子。'

55. rakihan　ka　pakan-an　**naki**　u　alaw。
　　[小孩 (T)　餵食(LF)　我的　(賓)　魚]
　　'小孩我餵他吃魚。'

　　巴則海語的後綴 -an，還可以附加在主格人稱代名詞、與親屬稱謂的後面。新詞的功能近乎指示代詞，可看下面兩個句子：

56. alu　yaku-an，ta-kan-i sumay。
　　[來 我 　咱們吃 飯]
　　'來我這裡，咱們來吃飯。'

57. yaku　ka malaleN　di　ina'-an。
　　[我 (T)　住(AF) (在)　媽媽]
　　'我住在媽媽家裡。'

上述巴則海語常用後綴，可以簡單表示如下：

表 3.2 巴則海語常用的後綴

後綴	語法作用	例詞
-i	命令語態	silipat '排列'：silipad-i '並排放好！'
-aw	祈使語態	da-daux-i '喝！'：ta-daux-aw '咱們喝吧'
-ay	尚未完成	makarit '乾、渴'：makarid-ay '就要乾了'
-en	受事焦點	mudal '下雨'：a'udal-en '（被）雨淋'
-an	方位焦點	malaleN '居停、生活'：palaleN-an '住所'

　　以上說明巴則海語如何以附加詞綴的辦法構造新詞。重點雖然是構詞法，但是如何活用衍生構詞的不同語式，前後往往需要上下語境共同配合。因此我們也以例句輔助說明。至於詞與詞之間的句法關係，在句法部份還會有所討論。

二、重疊構詞

　　前文「音節與語位結構」的說明已指出，巴則海語的部份語彙，顯然是以複疊音節的方式構成的。事實上，「重疊」──重複詞根的一部份，正是巴則海語另一衍生新詞的辦法。這個語言的重疊構詞，基本上可以大別爲兩個類型：一類是重複詞根的首位音節，另一類則是重複整個語幹。可分別舉例說明如下。

（一）重複詞根的首位音節。這一類構詞多爲動態動詞，如前引例詞的 xa-xapi '正在辮、結(頭髮)'（「前綴」詞 8）、pi-pidis '正在挽面'（「前綴」詞 12）、ki-kita '看

著'（「前綴」詞 28）、ki-kiliw '頻頻叫喚'（「前綴」詞 29）。下面可以再舉些例子：

1.　bi-bizu　：mubizu　　寫、畫
2.　de-depex　：medepex　讀、唸
3.　sa-sais　：musais　　縫
4.　xa-xawit　：muxawit　鞭打
5.　hi-hinis　：muhinis　呼吸
6.　ri-riax　：muriax　　找尋[102]

大致上，具有這種構詞形式的動詞，多半意涵同樣的動作會一再重複、至少持續進行一段時間。因此，不妨視之為進行體或持續貌。此外，有些名物之詞本質上就是成雙配對的(7)、(8)，或者該名詞為集合名詞(9)、(10)[103]，也會採用重複詞根首位音節的方式。如：

7.　ka-kazip　筷子　　：kazip-i　　挾(菜)！
8.　ka-kapit　扣子[104]　：kapit-i　　扣起來！
9.　ka-kawas　言辭　　：mukawas　說、講
10. ba-bizu　書信　　：mubizu　　寫、畫(「前綴」詞 19)

值得注意的是，作為名詞的'書信'是 babizu，而作為持續貌動詞的'寫、畫'是例詞(1)的 bibizu。由於巴則海語表示持續貌的動詞，若採重疊式構詞，沒有例外都是重複首位音節。因此，如果我想說'頻頻下箸'，採用重疊式構

---

[102] 比較第二章詞(22)。riax 主要用於「'尋'人」，iruma 主要用於「'尋'物」。

[103] 此稱集合名詞，並不是很嚴謹的 Mass Nouns；無關乎是否能計量。

[104] 專指榫接式的 tau²a　liu²。

詞，我會得出和表示名物的 '筷子' 同形的 kakazip。現在
例詞(10)可以啓示我們，像 kakazip 這樣同構異義的詞，只
是巧合。目前巴則海語表示集合名詞的辦法可能是，重複首
位音節的輔音再加元音 a。有一些相關的事例可以支持這個
推測，比如：

11. da-derek-an　　喉嚨　　　　　：de-derek-ay　正要吞下去
　　　　（「前綴」詞 137）　　　　　　（「前綴」詞 26）

12. ka-kita-en　　　給看的(PF)　　：ki-kita　　　看著
　　　　　　　　　　　　　　　　　　（「前綴」句 46）

而以元音 a 替換首位音節的元音，也許是因爲名語化的前
綴 sa-（詳上文「前綴」）類化的結果。

　　這一類還有個別的語詞，重複的不只是詞根的首位音
節，而是頭兩個音節。如第二章的例詞(26) m-a-'ita-'italam
'賽跑'，及下面三組例詞：

13. m-a-'isa-'isakup　齊聚(一堂)　：ma'isakup　聚集
14. hake-hakezeN　　老人家　　　：hakezeN　　老
15. suru-surukun　　裝入(袋)　　：suruki　　　裝入！

這些語詞特別含有「多數」的意思。如 '賽跑' 有眾人競逐
之意（參看註 45）；m-a-'isa-'isakup 則出現在傳唱的歌謠
中，呼籲族人和睦團結。

（二）重複整個語幹。這一類構詞以靜態動詞爲多數；衍生
新詞的義類，概括言之也是「重複、持續累增」。也有個別
動態動詞採用此一方式構詞，則有「相互」動作之義；如第
二章例詞(6)、(7)。可先以「中綴」部分之例詞(40)－(45)爲

樣本。

16.	t-in-abara-barak	極黃	: tabarak	黃
17.	t-in-erehe-rehel	黑漆漆	: terehel	黑
18.	l-in-ubahi-bahiN	極紅	: lubahiN	紅
19.	r-in-isila-silaw	蒼白	: risilaw	白
20.	m-in-axiu-xiut	極渾濁	: maxiut	渾濁
21.	t-in-urika-rikan	花花綠綠	: turikan	花(色)

我們可以看到，包括第二章例詞(6)、(7)的形構在內，以輔音結尾的語幹，重疊的結果首疊部份不包括結尾的輔音。也就是說，當語幹為 CVCVC 時，重疊之後的語位會得出 CVCV-CVCVC 的形態。另一種方式還可以看下面三組詞例，當語幹為 CVCV，重疊的結果為 CVCV-CVCV；並不截去首疊結尾音段。

22.	t-in-aNiti-Niti	極凶惡	: taNiti	(面貌)凶惡
				(「中綴」詞 33)
23.	m-in-abaza-baza	熟練	: mabaza	知道、會
24.	dali-dali	天天	: dali-an	白天

這一點我認為是由於音韻條件的制約；因為這個語言的語位結構，原則上是迴避輔音串的。不過，如果迴避輔音串是重疊構詞的制約條件之一的話。為了符合語位結構的條件，理論上可以有另一個辦法，即在重疊之後的輔音串間插入一個元音。我認為巴則海語正是同時又採用了這個辦法。下面兩組詞例即是：

25.	higis-e-higis	割成碎屑	: muhigis	割裂
26.	mabet-e-bet	緊束	: mabet	(衣服)窄

顯然採用此一辦法的語詞不會多；因爲加插一個元音，就加多一個音節。超過六個音節的語位，就又違背了語位結構的限制。不過，根據下列複疊音節語詞的語位結構型態，有助於得出在輔音串之間加插元音這樣的推理。

27. bel-e-bel 　　　香蕉
28. par-e-par 　　　引火的乾草、紙張
29. her-e-her 　　　氣喘
30. ma-rex-e-rex 　吹口哨
31. tin-i-tin 　　　磅秤
32. mu-hil-i-hin 　打穀(第二章詞 46)
33. mu-suN-u-suN 　計數
34. mu-gun-u-gun 　稱量
35. rat-a-rat 　　　梯子、階梯
36. ma-nam-a-nam 　祈禱
37. mu-xam-a-xam 　暗中摸索

看來，如果採取加插元音的方式來迴避輔音串，通常加插的元音是 e；但是也可能是 i、u、a。其中也許有一定的規則，應該在音韻部門給一條規律來處理這個現象。但是由於並沒有足夠的實證語料，現在我只能指出有這樣的現象，及可能的推論方向；而不是寫定明確的遊戲規則。這樣的遊戲規則，應該由使用這個語言的人群共同來完成。

第4章
巴則海語的句法

　　句法，籠統的說就是造句的規則。造句的規則，體現在語言中詞的排列、詞與詞之間的關係、及表示詞與詞之間關係的語法形式；也就是語言中語詞所出現的結構類型。任何語言都有一套數量有限的造句規則；而運作有限的造句規則，可以產生無限的語句。換句話說，言談溝通必須到達句法的層次，將詞彙做有規則的排列組合，才有所謂完整的、活的語言表現。理論上，句法如同構詞法一樣，造句的規則是母語使用者內化的能力；後天的學習祇是爲了強化具體的言語表達。不過，巴則海語既然已非族人日用的語言，我便很難取得可以充分體現造句規則的語料。另一方面，年輕的巴則海族人並不具備內化的母語句法能力；必須像學習外語一樣，重頭學習本族語的造句法則。因此，這一章我嘗試參考台灣南島語共通的句法原則，模擬巴則海語造句法則的大體間架；並嘗試將有限的語料放入這個間架。但是我無法拿台灣南島語共通的句法原則，再造規範巴則海語的句法。模擬句法的間架，勢必絕大部分是空缺

的。即使有限的內容，也未必能如實反映巴則海語原初
的面貌。然而，如果有朝一日模擬句法的空缺可以被填
實，是否反映巴則海語原初的面貌並不重要；重要的
是，族人可以重新擁有一個彼此認同的溝通工具[105]。

　　本節模擬句法的間架，主要是根據南島語共通的句法
特質，只作描述性的說明。包括：巴則海語的 1. 詞序
（word　order），2. 代名詞與名詞的格位符號（case
marker），3. 動詞的焦點系統（focus　system）與時制
（tense）、體貌（aspect）、和語氣（mood）。

一、詞序

　　詞序指按照本語言的慣例，構成句子或詞組的各個語
詞成分，在線性序列中的前後位置。在像國語這樣的語言
裡，詞序是決定句法關係的重要手段。如"我打他"，句末
的地位決定了「他」是受事者──挨打的對象。同樣是無標
記的語式，"他打我"的「他」意義就完全不同；居首位的
「他」是動手的主事者，而不會是挨打的對象。也就是說，
國語基本上是 SVO 的語言，作為中心語的動詞居間，而以
及物動詞的主事者名詞居句首，受事者名詞居末位；除了詞

---

[105] 語言會改變，是很自然的事情；恢復古語，則是不切實際的空想。最簡單的
事實可以漢語為例：現在漢人的通用語言，雖然大不同於盛唐或兩漢的古
語；並不改變其為漢語──漢人的語言──的事實。

序之外，動詞與各名詞之間，並沒有任何標記彼此關係的語法成分。相對的，以型態變化標示句法關係的語言，如巴則海語，語詞的線性序列就不是決定句法關係的主要手段。但是按慣例，巴則海語還是有一定的詞序；不按一定的詞序說話、或變換基本詞序而不加以標示，將導致溝通的障礙。以下分兩個小節說明。

（一）、巴則海語既然是南島語系的語言，理論上應該具有中心語居首的詞序。因此，理論上巴則海語的無標記（unmarker）語式應該以動詞居首位；事實上，根據我們的觀察確實也是如此。而且根據我們的觀察，巴則海語無標記語式的詞序應該是 VOS；也就是說，通常中心語動詞後緊接著受事者或賓語，而使主事者或主語居末位。可比較下列例句(1)、(2)，例句(1a)的 ki，是標記主語（或主格）的語法詞，可以省略不說。通常動詞和受事賓語之間，不會插入其他成分；如(1b)、(2b)。即使分別以格符號標記主事者與受事者，也不太能為聽話者接受；如(1c)、(2c)的 u/a，就是標記賓語（或賓格）的語法詞。

　　1a. meken　　alaw　　(ki)　　balan。
　　　　[吃(AF)　　魚　　(主)　　貓　　]

1b.? meken　　balan　alaw。[106]

　　[吃(AF)　　貓　　魚]

1c. meken　　ki　balan　u　alaw。

　　[吃(AF)　(主)　貓　(賓)　魚]

　　'貓吃魚。'

2a. ausin　mute'eN　wazu　karu　batu。

　　[不要　丟(AF)　　狗　(以)　石頭]

2b.? ausin　mute'eN　karu　batu　wazu。

　　[不要　丟(AF)　(以)　石頭　狗]

2c. ausin　mute'eN　karu　batu　a　wazu。

　　[不要　丟(AF)　(以)　石頭　(賓)　狗]

　　'不要拿石頭丟狗。'

如果主事者名詞是附加式人稱代詞，該人稱代詞會附綴於賓語的詞尾。可比較例句(3a)、(3b)，(4a)、(4b)。因此，有時由於語境的關係，賓語可能省略；主事者代名詞就可以直接依附在動詞尾。如例句(3c)，形式上便是主事者直接在中心語之後。而且偶然也可以聽到，以主事者代名詞直接依附在動詞尾，而使受事的賓語居末位的句子；如例句(3d)、(4c)。後者在形式上就成為 VSO 的詞序；但是像這樣的句子，一旦重複核對，發音人似乎傾向於不接受。

---

[106] 例句前的問號，表示該語句照理應該有問題；或者發音人覺得不以為然。下同。本文不循一般慣例使用星號表示不合法的句子。因為發音人的語感判斷既然不足以為據，我不能、也不要規範語句的合法與否。

3a. mekan　dukul　imini　a　　saw。

　　[吃(AF)　芋頭　　這　　(L)　人　]

　　　'這個人吃芋頭。'

3b. meken　　dukul=misiw。

　　[吃(AF)　芋頭　　他　]

　　　'他吃芋頭。'

3c. meken=(a)ku。

　　[吃(AF)　我　]

　　　'我吃（飯）。'

3d.? meken=(a)ku　sumay。

　　[吃(AF)　我　飯　]

4a. babakeday　isiw　yaku。

　　[(要)打　你　　我　]

　　　'我要打你（作勢）。'

4b. mubaket　yaku=siw。

　　[打(AF)　我　你　]

4c.? mubaket=siw　yaku。

　　[打(AF)　你　　我　]

　　　'你打我。'

當然，巴則海語也允許有句首名詞或名詞組。如主事者（或受事者）都可以作爲主題（Topic），出現在句首的地位；此時，句首名詞之後通常有標示主題的語法詞 ka。可看例句(5)、(6)、(7a)，並比較(3)、(4)兩句。至於(7b)句則是用來對照的疑問句，以疑問詞居首位，主語人稱代詞附綴其後；並不會像(3d)、(4c)構成不好的句子。

5.　yaku　ka ini　meken　dukul。
　[我　(T) 不　吃　芋頭]
　'我不吃芋頭。'

6a. yamisiw　ka mikita=ku　a　m-a-usipu。
　[他們　(T)　看(AF)我　(L)　跪著　]

6b. yamisiw　ka kita-en　naki　a　m-a-usipu。
　[他們　(T)　看(PF)　我的　(L)　跪著　]
　'我看他們跪著。'

7a. yaku　ka ba-baked-ay　isiw。
　[我　(T)　(要)打　你]
　'我要打你（作勢）。'

7b. sasay=siw　mubaket　yaku？
　[爲什麼-你　打(AF)　我]
　'你爲什麼打我？'

以上，附帶說明：巴則海語第一身單數附加式代詞，應該是 -aku；如果動詞尾是鼻輔音或元音，按音節結構限制（參看第二章）自然調整爲 -(a)ku 或 -ku。又例句(3a)的 a 是連結詞（參看註 97），與賓格符號雖然同形，但不是同一語位。

但是包括早期的記音資料，長久以來發音人給出來的往往是 SVO 的句子。因此例句(8)的 ka，往往可有可無；例句(9a)就不說 ka 。至於例句(9b)則顯示，當受事者 yaku 提到句首作爲談話的主題；形式上動詞和主事者便是相鄰接的。相對的，例句(9c)，調換詞序的同時，不僅主事者代名詞改以屬格的形式出現；動詞的詞形也有所變化，p-in-akasibat 是使役動詞。[107]再如例句(10a)，yaku 並不是焦點名詞——該動詞形式所選擇的主語；yaku 是語意角色的主事者，居首位似乎是以閩南語思維的結果。這句話的另一說法為(10b)，可能才是比較正確的語句。又可比較例句(11)，(11)的動詞也帶有表示受事焦點（PF）的後綴；主事者名詞雖然在動詞後面，正是以屬格的形式出現。

8.　yaku　ma-mezek　(ka)　imisiw　duila　di　asay。
　　[我　不知(AF)　(T)　他　(回去)　(處所)　哪裡]
　　'我不知道他去哪裡。'

9a.　isiw　k-in-asibat　yaku。
　　[你　教(過)　我]
　　'你教過我。'

9b.　yaku　ka　uzay　k-in-asibat　isiw。
　　[我　(T)　不是　教(過)　你]

9c.　uzay　nisiw　p-in-a-kasibat　yaku。
　　[不是　你的　教(過，cau.)　我]
　　'我不是你教（過）的（學生）。'

10a.?　yaku　ka　kuaNa　dukul　kakan-en。
　　[我　(T)　沒有　芋頭　吃(PF)]

---

[107] 使役動詞也屬於非主事者焦點動詞，選擇屬格名詞為主語。(9b)、(9c)這兩句話，發音人很肯定都是正確無誤的。而且他們不認為像(9d)或(9e)是比較好的句子。
9d.　uzay　p-in-akasibat　yaku　nisiw。
9e.　uzay　p-in-akasibat　nisiw　ki　yaku。
但他們認為(9f)要比(9a)來的好。
9f.　Yaku　ka　uzay　kasibat-en　nisiw。

10b. kuaN   a   dukul (ka)   kakan-en naki。

[沒有 (L)   芋頭 (T)   吃(PF)   我的]

'我沒有芋頭可吃。'

11. budabut   ka tabuk-en   ni   pataru。

[鳳梨 (T)   啄(PF) (屬)   雞]

'雞啄過的鳳梨。'

語言本來就會變化，我們應該接受現在的巴則海語並存
VOS 與 SOV 兩種詞序。事實上，巴則海語無標記直述語
句，除了作為主題的名詞組之外，也還有時間副詞可以出現
在句首。[108]可比較例句(12a)、(12b)。

12a. nukuazixa   m-in-eken   lia = ku。

[昨天   吃過(AF)   (了) 我]

12b. yaku   ka nukuazixa   m-in-eken   lia。

[我   (T)   昨天   吃過(AF)   (了)]

'我昨天吃過了。'

至於巴則海語雙賓動詞的句子。通常直接賓語（客
體，object）先說，再說間接賓語(13a)；若間接賓語移前，
則客體通常會帶著賓格的標記(13b)、(13c)。就例句(13c)，
我們看到主事者代詞附綴於間接賓語之後；但是若客體先

---

[108] 這裡我無意嚴格區分主題名詞組與一般的句首名詞組。不過，主題作為巴則
海語語法中獨立的概念，應該無庸置疑。巴則海語的主題名詞組不一定是句
法的主語；換言之，主題名詞不等於焦點名詞。除了表示處所之外，主題名
詞都不帶格位符號；主題名詞的指稱通常是「有定」或「泛指」的。主題名
詞一定有後置的主題標記 ka，此一標記也用來連結子句。因此，我使用主題
這個術語，正是著眼於分句與句子的結構關係。

說，則傾向不將主事者代詞附綴其後，因此(13d)是不好的
句子。

13a. yaku　mubaxa　mulasi　imisiw。

　　[我　給(AF)　稻穀　　他　]

13b. yaku　mubaxa　imisiw　(u)　　mulasi。

　　[我　　給(AF)　他　　(賓)　稻穀　]

13c. mubaxa　imisiw=ku　a　　mulasi。

　　[給(AF)　他　　我　(賓)　稻穀　]

13d.? mubaxa　mulasi=ku　imisiw。

　　[給(AF)　稻穀　我　　他　]

　　'我給他稻穀。'

（二）、一般而言，動詞居首的詞序蘊含了中心語名詞居
前、修飾語（/定語）居後的詞序。因此像'樹葉、雞蛋
（參看註 6）、男嬰、這孩子、兩個人（「後綴」之例句
49）'等，巴則海語的詞序就和國語（修飾語居前）相反。
可看例句(14)、(15)、(16)：

14. meken　rabax　kahuy　ki　saw。

　　[吃(AF) 葉　　樹　　(主) 人]

　　'（那）人吃樹葉。'

15. p-in-aris-an　naki　　ka　rubaN　mamadeN。

　　[生(cau.)　我的　(T) 嬰孩　　男　]

　　'我生的是男嬰。'

16. kita-i　na　riak　a　　rakihan　(i)mini！

　　[看　(！) 好　(L)　小孩　　這]

　　'你瞧瞧，這孩子真乖！'

不過發音人更常說的語式，是以 a 連結修飾語和中心語名詞。如例句(17)、(19)，並比較例句(18)、(20)。

17. lubahiN a   tulala   iw maNayah a   rabax ka
    [紅   (L)   花   (和)   綠   (L)   葉   (T)
    kiaren   dadua。
      美   全部]
    '紅花綠葉全部（都很）美。'

18. imini   a   tulala   ka lubahiN。
    [這   (L)   花   (T)   紅]
    '紅的花。'

19. mataru a terehen   a wazu ka p-in-akan naki。
    [大   (L) 黑   (L) 狗   (T)   餵養   我的]
    '大黑狗是我養的。'

20. hada turu a   wazu mataru   lia=ku。
    [有   三   (L) 狗   大   (了) 我]
    '我有三隻大狗。'

如果我們接受現在的巴則海語並存 VOS、SVO 兩種詞序，當然也可以接受修飾語居前的詞序。至於若同時有兩個以上的修飾語，不妨並存兩種詞序，而按個人的語言習慣加以變換。(17)、(19)兩句就可以作爲示範。

二、代名詞與名詞的格位符號

這一節討論人稱代詞、指示代詞，和標示名詞格位的語法詞。因爲代名詞具有詞彙形式與格位區別，而普通名詞

則由一定的格位符號表示名詞與動詞的句法關係，可以視為台灣南島語重要的句法特徵之一；也是台灣南島語和本地通行的漢語、英語另一個顯著差異的語言特質。

（一）人稱代詞

關於巴則海語的人稱代詞，大致上與大部分的台灣南島語一樣，有人稱、單複數、格位、和詞彙形式的區別；第一人稱複數還有'咱們（包括式）'和'我們（排除式）'的不同。可以列表如下：

表 4.1 巴則海語的人稱代詞(I)

數	人　稱	詞彙形式	附著語式	自　由　語　式	
		主　格	主格/賓格	領　屬　格
單	1	-(a)ku	yaku	naki
	2	-siw	isiw	nisiw
	3	-misiw	imisiw	nimisiw
複	1　包括式	-ta	ita	nita
	排除式	-(a)mi	yami	nami（/nyam）
	2	-mu	imu	nimu
	3	-(a)misiw	yamisiw	namisiw

巴則海語單數第三身人稱代詞的自由語式，和指示代詞的「那（"that"）」同形；複數的語形應該也是由相同的語幹變化的結果。這一點不像國語有特化的「他、她」，英語有 "he、she"。此外，巴則海語的人稱代詞並不區別陰性、陽性（、中性）。至於人稱與單複數的區別，和國語、閩南語一樣；而第一人稱複數包括式和排除式的用法，也和

閩南語大體相同。因此，以下只舉例說明詞彙形式和格位的區別。

1、附著語式與自由語式

　　附著式通常只能附加在動詞或名詞的後面，不能單獨使用；而且只能作為語句不顯著的主語，如上一節的例句(3b)、(3c)、(4b)、(6a)、(7b)、(13c)。[109]不過也有像前述例句(12a)、(20)，附著式的人稱代詞加在 lia 之後；而巴則海語的 lia 通常對譯「已經」或「了」，似乎只是句尾表示體貌的語法詞。可再比較例句(1)、(2)，例句(2)及〈構詞法〉之「後綴」的例句(38)、(52)：

1a. yaku　　ka p-in-asaken　　di　　　aulan　　lia。
　　[我　　(T)　　抵達　　(處所)　愛蘭　(了)]
　　'我已經到愛蘭了。'

1b. pasaken-ay　　lia = ku。
　　[抵達(將)　　(了) 我]
　　'我就要到了。'

2.　pakan-ay wazu　lia = ku。
　　[(正要)餵　狗　(了) 我]
　　'我正要餵狗。'

按照推理，詞首為／pV-／的動詞，絕大多數為使役動詞；應該以屬格名詞為主語。也就是說，例句(1)、(2)的主事者

---

[109] 但是，作為構詞前綴的 ta，可能就是第一人稱複數附著式的 ta。可參看〈構詞法〉的前綴（6）。此外附帶一提，屬格符號的 ni，也顯然和領屬格代詞有共同的成素。

應該是領屬格的 naki。例句(1a)基本上屬於主語居前的詞序，或是主格的 yaku 作爲主題名詞；兩者都可以理解。何以例句(1b)、(2)居末位的主事者用附著式代詞？這個現象我沒有答案。暫時我視之爲習慣用法，仍然以「已經」或「了」翻譯 lia；但是 lia 斷非只是表示體貌的語法虛詞。

　　所謂附著式只能做不顯著的主語，意謂著人稱代詞附著式附綴於受事的賓語之後，通常表示主語是談話雙方之一，不說出來也沒有關係。相形之下，第三身附著式就比較少出現在談話中。以下可再舉數例：

3.　ba-baked-ay　　yaku=siw？！
　　[　打　　　　我　你　]
　　'你要打我？！'

4.　hada　waler=siw　　ka　ara-i！
　　[　有　力氣　你　　（T）拿　]
　　'（如果）你有力氣，就拿去吧！'

5a.　naN　mu-daux　inusat　yaku。
　　[　不　喝(AF)　酒　我　]

5b.　yaku　ka　naN　mu-daux　inusat=aku。
　　[　我　（T）不　　喝　酒　我　]

5c.　yaku　(ka)　naN　mu-daux　inusat。
　　[　我　（T）不　　喝(AF)　酒　]
　　'我是不喝酒的。'

6a.　asikis-an　(a)　rima=misiw，ini　nimisiw　a　karaw。
　　[　痛(LF)（賓）手　他　不　他的（L）　腳　]
　　'（他）痛的是手，不是他的腳。'

6b. imisiw　　ka　mu-'asikis　a　　rima。

[　他　　(T)　痛(AF)　(賓)　手　]

'他手痛。'

7a. ini　mu-kawas　yaku　a　　say=siw。

[不　　講話　　我　(賓)　甚麼 你]

'你沒有說我甚麼（壞話）。'

7b. ini　mu-kawas　yaku　a　　say　imisiw。

[不　　講話　　我　(賓)　甚麼 他]

'他沒有說我甚麼（壞話）。'

例(5)可以看得很清楚，若要特別強調「自己」不喝酒，就要把完整的 yaku 說出來(5a)；否則就把 yaku 提到句首作爲主題(5b、c)。(5b)的 yaku 和附著式的 -aku 雖然形同照應，其實 -aku 可有可無。至於例句(6a)，有一個看似名語化的帶處所焦點詞綴的動詞，強調「痛」的地方是「手」。相當的另一說法爲(6b)，主格的「他」成爲談話的主題。例句(7a)的 yaku，是賓格的「我」；say 並沒有疑問的意思，而相當於一個代名詞，代替「說」的內容（可比較上一節例句(13c)）。也就是說，例句(6a)與(7a)，附著式代詞所依附的仍然是賓語；也不是談話中需要特別強調的對象。(7b)與(7a)相對，發音人傾向於將第三者的 imisiw 完整的說出來。

　　不及物動詞的主事者若是第一、二身代詞，通常就直接附著於動詞尾。否則附著式代詞若直接附著於動詞之後，除了習慣上賓語可以不說出來之外；通常因爲賓語是交談的主題，已經不在動詞後面了。可看下面兩句：

8.　tahayak=siw？yaku　ka　eder　tahayak。

　　[　累　　你　　我　(T)　(真的)　累　]

　　'你累嗎？我真的很累。'

9.　imisiw　a　daran　di'asay　ka　ma-baza=siw。

　　[　那　(L)　路　　到(哪裡)　(T)　知道　你　]

　　'那條路到哪裡，你知道嗎？'

2、格位區別

　　巴則海語人稱代詞的格位區別，和英語類似。但是有兩項差異：

（1）巴則海語的主格 "I（舉第一身單數為例。下同）" 和賓格 "me" 同形。因此當主事焦點動詞的兩個論元都是代名詞時，SVO 的詞序似乎就成了決定施受關係唯一的語法手段了。可看例句(10)，並比較「詞序」之例句 (4)：

10a. isiw　　mu-baket　yaku。

　　[　你　　打(AF)　我　]

10b. mu-baket　yaku　isiw。

　　[　打(AF)　我　你　]

10c.?　mu-baket=siw　yaku。

　　[　打(AF)　你　　我　]

　　'你打我。'

(10b)如果脫離談話背景，除非肯定其為 VOS 的語句；似乎再無判斷施受關係的形式條件了。其實不然，除了巴則海語原來就有的 VOS 詞序慣例之外，這句話，實際上會說成 mubaket　yaku=siw。附著式的 -siw，保證了「你」是主事者。因為只有主格才有附著式，賓格代名詞只有自由語式。

此外，由於有 VOS 的詞序慣例，也使得像(10c)那樣的句子顯的不自然。

（2）巴則海語領屬格人稱代詞的 naki，雖然可以翻譯英語的"my（我的）"；而且當中心語為名詞時，領屬格代名詞表示所有者，如例句(11)。但是 naki 和英語的"my"有一個顯著的不同，即巴則海語的 naki 可以充當主事者；而英語的"my"既不會是語法上的主語，也不充當語意上的主事者。關於巴則海語以領屬格作為使役動詞、與非主事焦點動詞的主事者，已見上一節「詞序」之例句(6b)、(10b)、(15)、(19)。還可以再看例句(12)。

11. maku naki a mamah mu-kusa di namisiw
   [跟(去) 我的 (L) 哥哥 去 (處所) 他的
   a xumak。
   (L) 家]
   '我跟哥哥去他家。'

12a. saysim-en nisiw ki atun。
   [疼愛(PF) 你的 (主) (人名)]
   'atun 很得你疼愛。'

12b. saysim-en ni saw，riak。
   [疼愛(PF) (屬) 人 好]
   '有人疼愛，真好。'

例句(12)是受事焦點動詞，(a)句主事者為領屬格代名詞；與之平行的(b)句，則是以普通名詞帶屬格符號為主事者。關於巴則海語領屬格的語意角色，下文焦點系統的討論中還會加以說明。

　　除了上表（4.1）所列的格位區別之外，根據早期的紀錄，巴則海語可能至少還有兩種自由語式的人稱代詞。一種不妨從李壬癸先生稱之爲未來時主格（Future　Nom.，Li 1978：580），另一種土田滋先生稱之爲作格（Ergative，Tsuchida 1969）；語音形式可分別列示如下：

表 4.2 巴則海語的人稱代詞(II)

數	人　　稱		未來時主格	作　格
單	1		payaku	laiyaku
	2		paisiw	laisiw
	3		paimisiw	laimisiw
複	1	包括式	paita	laita
		排除式	payami	laiyami
	2		paimu	laimu
	3		payamisiw	laiyamisiw

李壬癸先生不另列作格人稱代詞，但他採集的語料中確實出現過三次 laita（李 1990）。[110]而土田滋先生的資料裡，將未來式主格分析爲表問句的前綴 pa，加自由語式主格的結構；[111]因此他的人稱代詞不包括此一語式。另一方面，他雖然有作格人稱代詞的語式；同時又不很確定的認爲 lay 可能是表示作格的前綴（1969：136，可詳下文說明）。我以爲這兩種人稱代詞的語式應該不是單純詞，而是可以再分析

---

[110] 李先生都譯爲‘咱們’。另有一次記爲 saysay　laila'？‘才唱的是甚麼？’。我以爲 laila' 可能也是 laita，可比較下文的例句(23b)。

[111] 土田先生認爲 pa 是 "question marker（which　appears　always　with　an interrogative）"（1969：137）。

的；可能是自由語式主格附加前綴 pay、lai 之後，經過音節結構限制的修飾得出的新詞。不過 pay、lai 確切的語法範疇，及新詞的格位屬性恐怕都不易論定。以下是一再向發音人求證過的相關語句。

13. mausay   asay   paisiw？
　　[(要)去 (哪裡)　你　]
　　'你要去哪裡？'

14. hapet   mu'asay   paimisiw？
　　[喜歡 做(甚麼)　　他
　　hapet　　mu-depex　　babizu　imisiw。
　　喜歡　　讀(AF)　　書　　他　]
　　'他喜歡做甚麼？他喜歡讀書。'

15a. ima   paimisiw？
　　[誰　　他]
　　'他是誰？'

15b. n-ima paimini， di   asay   paimini？
　　[誰的　這　 (從) (哪裡)　這　]
　　'這是誰的，從哪裡來的？'

16a. p-a-uzah   di   asay   payamisiw？
　　[來　　(從) (哪裡)　他們
　　mu-puzah   di   mataru   a   retel。
　　來(AF)　 (從)　大　 (L)　村子]
　　'他們是從哪裡來的？從鎮上來。'

16b. isiw ka ma-laleN   di   asay？ mausay   asay paisiw？
　　[你 (T) 住(AF) (處所) (哪裡) (要)去 (哪裡)　你　]
　　'你（現在）住哪裡？打算去哪裡？'

17. say-en　paisiw　ki　xe'ed-en　(ni)　saw？
　　[(為什麼)　你　(主)　綁(PF)　(屬)　人　]
　　　'你為什麼被人綁起來？'

18. ma-laleN-ay　ha-ima　dari　dini　paimisiw？
　　[　住(AF)　多少　天　這裡　他　]
　　　'他準備在這裡住幾天？'

大致上，pa- 系列的人稱代詞（包括指示代詞，如例句
15b）只用於問句的主語；但是不能作為句首的主題（可比
較例句 16）。這一點似乎是 pa- 系列代名詞和一般主格代
名詞不同的地方。此外，本文雖然援用李先生的辦法，將此
一系列的代名詞稱為「未來時」，卻只是暫時性的方便法。
此一「未來時」，和英語語法中表示時間的「未來式
（future tense）」並非一回事。這裡說的「未來時」，乃就
其總是疑問句的主語，專為質問不確定、未知、或尚未實現
的事件而言。這也是就(14)、(16a)前後兩個小句所做的觀
察，並比較(16b)和(18)句之後，所得暫時性的結論。

　　la- 系列的代名詞似乎也不能做句首的主題，但不限於
作問句的主語。可看下列例句：

19. babax-ay　yaku　imini　a　babizu　laiyamisiw。
　　[　給　我　這　(L)　書　他們　]
　　　'這本書他們（想）要給我。'

20. mausay　di　imisiw-an　laiyaku，mausay　ma
　　[(要)去　(處所)　他　(處)　我　(要)去　(也)[112]

_____

[112]ma 想來是閩南語的借詞，發音人用來翻譯國語的「也」。

disiw laisiw？

　那裡　你　]

‘我（想）要去他那裡，你也（想）去那裡嗎？’

21.　ana　ma-kawas　zuzaw　laiyaku。

　[不(可以)　講話　(隨便)　我　]

‘我說過不要亂說。’

22a. imisiw　ka　nisiw　a　babizu，imisiw　ka　nisiw　laisiw。

　[那 (T) 你的 (L)　書　　那 (T) 你的　你]

‘那是你的書，你說那是你的。’

22b. imini　ka　naki　a　babizu，imini　ka　naki　laiyaku。

　[這 (T) 我的 (L)　書　　這 (T) 我的　我]

‘這是我的書，我說這是我的。’

23a. seseket　laimisiw。

　[(正)休息　他　]

‘他在休息嗎。’

23b. tahayak　ka　ta-seket-aw　laita！

　[累　(T)　休息　咱們]

‘累了，咱們就休息吧！’

24.　zazak-ay　laimisiw。

　[(正)走路　他　]

‘他（剛好）走了嗎。’

25a. isiw　ka　meken　lia？

　[你 (T)　吃　(了)]

25b. meken　lia=siw？

　[吃　　(了) 你]

‘你吃了嗎？’

25c. m-in-eken　laisiw。

　[吃(了)　你]

‘你吃飽了嗎。’　（「前綴」例句39）

根據這些句子，la- 系列人稱代詞的語法範疇，就其總是不及物動詞的主語，雖然可能有作格的意思；我們卻缺乏明確可以對照的語句。[113]而且上述例句還隱然有另一共通的語意特質，都像說的是一種「虛擬的（subjunctive）」狀態。「虛擬」相對於「陳述（indicative）」，表述的多半不是事實。既然不是實存的狀態，便是以語言表述抽象的理性思維，是需要深度鍛鍊的。今日的巴則海語既非日用語言，欲求確解，可真是難為發音人。不過他雖然對這樣的語式顯得蒙昧不識，卻很肯定確實可以有這樣的說法。而且(25a、b)和(25c)確實意思不同；就像下面的(26)句確實和(23a)句意思不同，(27)句也和(24)句不一樣。[114]

26. imisiw 　　ka 　　m-in-eseket。
　　[他 　　(T) 　(已經)休息]
　　'他（去）休息了。'

27. mu-zakay 　duila 　　lia=misiw。
　　[走 　　(回去) (了) 他]
　　'他走（回去）了。'

---

[113] 根據句法單位排比的屬性，作格是一種語法範疇。具有這種語法範疇的語言，對不及物動詞的主語、與及物動詞的直接賓語，給予相同的標記；相對的，及物動詞之主語則另有標記（S i = d O ≠ S t）。

[114] 這一組例句，全是發音人偶然脫口而出的句子。此外，我記過像(28)這樣的句子，可以比較(21)句；(28)句的 daha 應該是動詞。

28. 　ana 　　makawas-i 　zuzaw 　　daha=ku！
　　[不(可以) 　　講話 　　(隨便) 　　　我]
　　'我告訴過你，不要亂說！'

　　無論如何，這一部份所謂「未來時主格」與「作格」人稱代詞，就句法的分析雖然難以精確；但是將他們視爲代名詞某種格位的語式，仍然可以在實際的語言中加以應用。因此儘管語料不是很充分，我仍然儘可能的整理出來。另一方面，將來在比較語言研究時或者可以用到。

（二）指示代詞

　　巴則海語的指示代詞，如果比照人稱代詞的辦法，也是有格位區別的；[115]而且還有兩種處所格的語式。可以表示如下：

表 4.3 巴則海語的指示代詞

	主格/賓格	未來時主格	領屬格	處所格(I)	處所格(II)
近	(i)mini[116]	paimini	nimini	dini	aidini／miadini
遠	(i)misiw	paimisiw	nimisiw	disiw	aidisiw
更遠	isia		nisia	disia	
遠	dua	paidua			aididua／miadua

表 4.3 有不少空缺，理論上可以用推理的方式補齊。不過指示代詞究竟和人稱代詞不能等量齊觀，有些推理的語式也

---

[115] 當然也可以分析為只有一套基式，因為前加各種不同的格位符號，再經過音韻規律的運作，得出各種不同的表面語式。事實上，人稱代詞也可以這樣處理。不過基於語言實際應用的必要，我以為直接將這些表面語式登錄在辭典裡，可能是比較具體且經濟的作法。

[116] 指示詞做名詞的定語、並且置後的時候，有時讀成 mini、misiw。但我不認為這樣表示指示代詞主格也有附著語式。因為如下列句(29)的 saw mini，並未產生重音後移（可參看音韻規律 1）。

許從來就不曾出現過。其實，上表所列部分語式，雖然發音人同意有那樣的說法；對於主賓格的 dua 和 isia、或處所格的 aidini 和 miadini 具體有什麼不同，我實無法僅就零星的語料歸結出明確有效的結論。至於土田滋先生所有的「作格」（1969：133），由於無法向發音人印證，暫時就存疑從缺。[117]下面僅就格位的區別舉例說明：

29. ma-baza=ku　riak　a　　saw　(i)mini。
　　[知道　我　好　(L)　　人　　這　]
　　'我知道這個人是好人。'

30a. asay　　paimini？
　　[(甚麼)　　這　]
　　'這是甚麼？'

30b. anu　　asay　paimisiw？
　　[做　(甚麼)　　那　]
　　'那是做甚麼用的？'

31. kak-en　rabax　kahuy　nimini　　ka lua-mu'asay？
　　[吃 (PF)　葉　　樹　　這(屬)　(T)　做(甚麼)]
　　'像這樣吃樹葉有甚麼作用？[118]'

32a. naki　　a　　babizu　ka　aidini。
　　[我的　(L)　　書　　(T)　(在)這裡]
　　'我的書在這裡。'

---

[117]由於巴則海語第三身單數人稱代詞，和遠指指示代詞同形。我們確實可以根據例句(19)推理指示代詞的作格語式，應如同土田滋先生所記錄的那樣。

[118]可比較上一節的例句(14)。相傳昔日每有妖巫作祟、放蠱，可以含青破解。因此今日族人若路見喪葬行列會趕緊含一片綠葉子，認為可免沖煞、災殃。

32b. naki   a   babizu   ka adu'-i <u>dini</u>。
   [我的 (L)   書   (T) 放！   這裡]
   '我的書放這裡。'

33a. mu-'asay   mausay   <u>disia</u>？
   [做(甚麼) (要)去   那裡]
   '你為什麼要去那裡？'

33b. mu-'asay   mausay   <u>miadau</u>？
   [做(甚麼) (要)去   那裡]
   '你為什麼要去（在）那麼遠的地方？'

34a. maku   naki   a   ina   mu-kusa   di   namisiw
   [和   我的 (L)   媽媽   去   (到)   他的
       a   <u>miadau</u>。
     (L)   那裡]

34b.? maku   naki   a   ina   mu-kusa   di   namisiw
   [和   我的 (L)   媽媽   去   (到)   他的
       a   <u>disia</u>。
     (L)   那裡]
   '和我的媽媽到外家（娘家）。'

35. <u>isia</u>   ka kuaN   a   rezaw=aku。
   [那   (T) 沒有 (賓) 空閒   我]
   '那個時候我很忙。'

原則上，主格、賓格、和領屬格的近指代詞，可以對當國語的「這」、英語的 "this"；遠指代詞則相當於國語的「那」、英語的 "that"。處所格近指代詞，可以對當國語的「這裡(／邊)」、英語的 "here"；遠指代詞則相當於國語的「那裡(／邊)」、英語的 "there"。國語和英語都不分

「遠」與「更遠」。但巴則海語通常按是否看得見，是不是很快到得了，分用不同的代名詞；可比較例句(33)、(34)。至於巴則海語區分兩種處所格，顯得比較特殊。但是若如例句(32)所示，第二組處所格代詞應該是存在動詞的特化語式；此所以土田滋先生稱之爲＂存在的方位（Locative-Existential）＂。[119]

（三）格位符號

　　前文我已經說明，在巴則海語裡詞序——詞與詞的線性序列，並非決定句法關係的主要手段。接著我討論了代名詞的格位區別；我們看到巴則海語的代名詞以形態變化表示格位，不同格位的代名詞在語句中擔任的語法功能，和所扮演的語意角色不同。這一小節我們要說明，巴則海語的名詞或名詞組也會由格位符號標記句法關係。

　　現在的巴則海語，不分普通名詞或專有名詞，至少還有主格 ki、賓格 u（/a）、屬格 ni、和處所格 di 四個格位符號。名詞的格位標記，與該名詞本身的語義內涵沒有必然的關係；而是根據動詞的形態變化，變化名詞的格位標記。大體上，如果是主動態的動詞，動詞帶主事焦點詞綴，主事者名詞帶主格符號，爲句子的主語；受事者名詞帶賓格

---

[119] 也就是說，我認為像 aidini 的第一個音段 a，原來確實是前加語位。可試比較 a-'idemi-an「床（睡覺的地方）」；又可參看構詞部分的前綴 a- 和中綴 -a-。

符號，是句子的賓語。如果動詞帶受事焦點詞綴，則以主格符號標記受事者，因此受事者可以有主語的地位；主事者失去主語的地位，轉而以屬格符號爲標記。這一點和領屬格代名詞可以充當主事者是一致的。

　　不過由於長久以來習慣於漢語，發音人給出的句子常常是 SVO 式的；因此主動態動詞的主語和賓語名詞（直接賓語、客體、受事者）往往不帶格位符號，而由詞序來決定句子的意義。屬格的 ni 有時候也會被忽略；不過非主事者焦點的動詞需要屬格名詞充當主語，詞序還不能完全取代 ni 的句法功能。至於處所格名詞雖非動詞的必要論元，以 di 標記處所名詞，卻還能很穩定的保存在日常對話中。以下即各舉若干實例加以說明：

36. yaku　mu-kalapu patakan ka m-a-usay <u>di</u>　　apu'-an。
　　[我　　拿(AF)[120]　竹竿 (T)　　去 (處所)　祖母家]
　　'我拿著竹竿去祖母家。'

37a. imini　a　　saw　mu-kalapu　patakan。
　　[這　　(L)　人　　拿(AF)　　竹竿]
　　'這人拿著竹竿。'

37b. mu-kalapu　patakan　<u>ki</u>　saw。
　　[拿(AF)　　竹竿　　(主)　人]
　　'（那）人拿著竹竿。'

---

[120]巴則海語的／kalapu／用稱兩手「抱著」或「拿著」某物，並且「移動（作功）」。

37c. imini　a　patakan　pa-kalapu　<u>ni</u>　saw。

[　這　(L)　竹竿　拿(cau.)　(屬)　人　]

'這些竹竿讓（那）人拿著。'

37d. imisiw　patakan　ka　kalapu'-en　<u>ni</u>　saw　mata

[　那　竹竿　(T)　拿(PF)　(屬)　人　從

<u>(di)</u>　binayu。

(處所)　山　]

'那些竹竿（被）人從山上拿走了。'

38a. mu-kalapu　rakihan　<u>ki</u>　ina。

[　抱(AF)　小孩　(主)　媽媽　]

'媽媽抱著小孩。'

38b. ini mu-kalapu　<u>di</u> daran　<u>a</u>　rakihan　<u>ki</u>　ina。

[　不　抱(AF)　(處所)　路　(賓)　小孩　(主)　媽媽　]

'媽媽不要在路上抱著小孩。'

39a. kalapu'-en　<u>ni</u>　ina　<u>ki</u>　rakihan。

[　抱(PF)　(屬)　媽媽　(主)　小孩　]

39b. rakihan　ka　kalapu'-en　<u>ni</u>　ina。

[　小孩　(T)　抱(PF)　(屬)　媽媽　]

39c. kalapu'-en　rakihan　<u>ni</u>　ina。

[　抱(PF)　小孩　(屬)　媽媽　]

'小孩（被）媽媽抱走了。'

例句(36)可視為現代巴則海語典型的陳述句。語意基本上是由語詞的線性序列決定的。因此只有處所名詞帶有處所格標記；發音人傾向不接受任何方式的調動詞序。不過，似乎主事者換成他人，即使是主事焦點動詞，發音人就比較能接受詞序的調動。所以(37a、b)和(38a)都是好的句子，而(37b)的

主事者居末位、帶主格符號。至於像(38b)，動詞後面直接就是處所名詞，依次才是帶賓格符號的受事者，而以帶主格符號的主事者居末位。顯然巴則海語的格位符號，在決定語法關係上仍然有一定的份量。相對的，若換成非主事焦點動詞，如(37c、d)和(39)句，則發音人就毫不猶疑的接受詞序的搬動了。因此格位符號更是正確表述的必要手段：主事者一律標記為屬格名詞；受事者則按出現的位置，選擇性的標記為主格名詞，如(39a)；或者像(37d)、(39b)，句首作為主題的受事者名詞則不帶主格符號。

　　例句(40)也是相當典型的陳述句；a 句基本上如同(36)句，都有主事者焦點動詞。[121]而 b 句的動詞形態起了變化，兩個主事者名詞都不再具有主語的地位。b 句的 pinasuzuk 是相對於 minusuzuk 的使役動詞，使役動詞以屬格標記主事者；riaxen 則是相對於 minuriax 的受事焦點動詞，受事焦點動詞以受事者或客體為主語。因此 b 句的 imisiw a dapas，在兩個分句裡都是主語的地位；而且 b 句找著的「人」標記為屬格（又可比較〈構詞法〉之後綴（3）：例句 41d）。

40a. <u>m-in-usuzuk</u>　imisiw　a　　dapas　ki　　ina　　ka

　　　[　藏(AF)　　那　(L)　簸箕　(主)　媽媽　(T)

　　　<u>m-in-uriax</u>　lia=siw。

　　　找著(AF)　（了）你]

---

[121](36)和(40a)的動詞，其實還有「正在持續」和「已經完成」的差異。

　　‘（雖然）媽媽已經把那個簸箕藏起來了，你（還是）
　　找著了。’

40b. imisiw　　a　　　dapas　　<u>p-in-asuzuk</u>　<u>nisiw</u>　　ka　　liaka
　　[　那　　（L）　簸箕　　藏(cau.)　　你的　　(T)　（還是）
　　<u>riax-en</u>　<u>ni</u>　saw　　lia。
　　找(PF)　（屬）人　　（了）]
　　‘那個簸箕你已經藏起來了，還是給他找著了。’

　　現代巴則海語的賓格符號不多見。像(41a、b、c)三
句，都使用主事焦點動詞；按照推理，受事的賓語名詞應該
以賓格符號為標記。但是發音人傾向不加標記。例如(41a)
的後半段，發音人就認為賓格符號 a 可有可無；沒有，並
不影響溝通。而(41b)「酒」既提前作為主語，也不用再以
格符號標記。如果換成受事焦點動詞(41d、e)，受事者應該
以主格符號標記；當然看不到賓格符號。大概只有在使用處
所焦點動詞時，較常以賓格符號標記客體。可比較(42)及
(43a、b)三句，並可參考(38b)。至於標記賓格用 u 或用
a，根據現在的語料判讀，似乎是相當表層的語音調整的結
果。[122]

41a. yaku　　　ka　　naN　　m-in-udaux　　inusat，m-a-udaux
　　[　我　　　(T)　沒有　　喝(AF)　　　酒　　喝(AF)
　　<u>a</u>　　dalum　　yaku。
　　(賓)　水　　　我　]
　　‘我沒有喝酒，我正要喝水。’

---

[122] 如果根據指示代詞的語形推理，我傾向於認為賓格標記的基本形式為 a。又
可參考注 119。

41b. inusat　ka　ini　mu-daux=aku。
　　[酒　(T)　不　喝(AF)　我]

41c. ini　mu-daux　inusat=aku。
　　[不　喝(AF)　　酒　我]
　　'我不喝酒。'

41d. daux-en　<u>ni</u>　saw　lia　<u>ki</u>　inusat。
　　[喝(PF)　(屬)　人　(了)　(主)　酒　]
　　'酒讓人給喝了（比較「後綴」之例句14）。'

41e. inusat　ka　daux-en　<u>nimisiw</u>　(lia)。
　　[酒　(T)　喝(PF)　　他的　　(了)]
　　'酒被他喝了。'

42a. yami　tatah-ay　<u>(u)</u>　nuaN　<u>disiw</u>。
　　[我們　(將)宰　(賓)　牛　那裡]
　　'我們要去那裡宰牛。'

42b. <u>di</u> imisiw-<u>an</u>　ka　tatahay-an　<u>a</u>　nuaN　<u>nyam</u>。
　　[(在)　他那裡　(T)　宰(LF)　(賓)　牛　我們的]
　　'在他那裡我們把牛宰了。'

43a. <u>di</u>　laladan　kaken-en　sumay　<u>nita</u>。
　　[(在)　桌子　吃(PF)　米飯　咱們的]

43b. ita　(ka) kaken-en　<u>di</u>　laladan　<u>ki</u>　sumay。
　　[咱們　(T)　吃(PF)　(在)　桌子　(主)　米飯　]
　　'咱們在桌子上吃飯（比較「後綴」之例句55）。'

　　以上，唯獨處所格的標記，還穩定的保留在現在的語言裡。甚至當處所名詞作為句首的主題時，也還帶著格標記。前面已經有不少用到處所格標記的語句，如(36)、(38b)、(42b)、(43a、b)等；這裡就不再舉例了。此一現象似

乎與 di 通常用來對譯漢語的「從、到、在」有關。另外，還可留意像(37d)的 mata，不僅對譯國語的「從、自」，實際上像是前置詞。還有表示時空終點的 kaidi，對譯國語的「到、在」，也像是前置詞（見〈構詞法〉之後綴（3）例句 32）。又如表示使用工具有 karu，對譯國語的「用」，同樣像是前置詞；而不是標記工具名詞的格位符號（〈詞序〉例句 2）。或者，更精確的說巴則海語的 mata、kaidi、karu 可以視如動詞（輔動詞，coverbs）；乃至於現在的巴則海語的方位焦點（LF）和參考焦點（RF）詞綴，形同名語化（nominalize）的語法詞（可參看〈構詞法〉之前綴（6）、後綴（4）的說明）。都是現代巴則海語真實的內容。這個現象，下文討論焦點系統還會有所說明。

三、動詞的焦點系統與時制、體貌、和語氣

這一節主要討論巴則海語的動詞。重點說明動詞的各種焦點詞綴（可再閱讀〈構詞法〉之一「衍生構詞」），及實際上如何應用於造句。又因爲一般語言所有的，關於「時制、體貌、和語氣」等語法範疇，在今天的巴則海語裡，實際上還是結合焦點詞綴，直接或間接由動詞的型態變化加以呈現的。所以一併在本節，逢相關例句時，盡量由翻譯加以表記；另外，會有一小節簡單的說明。

（一）焦點系統

　　動詞的焦點系統是，包括台灣南島語在內的，西部南島語顯著的句法特質。所謂焦點指的是一種語法現象：在一個句子中，動詞因為附加某種焦點詞綴，會和該語句中特定的一個名詞（或名詞組）建立特別的語法關係。那個特定的名詞就成為語句的焦點──語法上的主語，而由特定的詞彙符號加以標記；其他非焦點的名語成分，則可能會標記以其他符號。另一方面，動詞的焦點詞綴將決定焦點名詞的語意角色，該語句便以焦點名詞的語意角色為名。例如以主事焦點為名的語句，動詞會附加主事焦點詞綴；這樣的動詞會選擇語意角色為主事者的名詞為主語，主事者名詞便會由特定的詞彙符號加以標記。這個特定的符號，不僅用於標記所有主事焦點句之主語，同時也標記其他非主事焦點句的主語名詞；只不過非主事焦點句主語的語意角色不是主事者，而是分別符應於動詞焦點詞綴之首要論元。像這樣，交談雙方由於改變動詞的形態，同時調整語句中詞與詞的相對關係；從而架構出一套語句形式和語意表達緊密互動的句法體系。學者特稱之為焦點系統。這樣的句法體系，和印歐語，如英語的格位系統（case system）、重點強調（emphasis）、或語態（voice），分別都有些類似；但又都不完全一樣。

　　此一語法現象落實在巴則海語上，可以簡單的描述如下：原則上，巴則海語有四種焦點詞綴。分別為：

表 4.4 巴則海語的焦點詞綴

主事焦點（AF）：	mV-
受事焦點（PF）：	-en
方位焦點（LF）：	-an
參考焦點（RF）：	sa-...(-an)、sa-...(-en)、si-...(-an)

四種焦點可以大分為兩個範疇：主事焦點和非主事焦點。主事焦點動詞以主事者名詞為主語，主語以主格符號 ki 為標記；如果主語居於句首主題的地位，則不帶格位符號。非主事焦點包括受事、方位、和參考三種焦點，分別以相應的非主事者名詞做主語；並將語句中的主事者標記為屬格。除非焦點名詞位於主題的地位，否則通常需以主格符號標記主語。這種語法現象，前面各節的例句說明已經一再呈現。以下再以 meken '吃'、mudaux '喝'（並可參考第三章「後綴」的相關例句）這兩個及物動詞為例，說明焦點詞綴的變化如何改變語句的形式、和語意的表示。

1a. <u>me-ken</u>　alaw　(<u>ki</u>)　balan。

　　[吃(AF)　魚 （主）　貓　]

　　'貓吃魚。'

1b. <u>imini</u>　　a　　balan　(ka)　<u>me-ken</u>　alaw。

　　[這　　　(L)　貓　　(T)　吃(AF)　　魚]

　　'這貓吃魚。'

2a. <u>kan-en</u>　(<u>ki</u>)　alaw　<u>ni</u>　balan。

　　[吃(PF)　(主)　魚　（屬）貓　]

　　'魚（被）貓吃（了）。'

2b. <u>imisiw</u>　alaw　　ka <u>kan-en</u>　<u>ni</u> balan。
　　［ 那　　魚　　(T) 吃(PF) (屬) 貓　］
　　'那魚（被）貓吃（了）。'

3a. ini　<u>mu-daux</u>　inusat <u>(ki)</u>　saw。
　　［ 不　　喝(AF)　酒　　(主) 人 ］
　　'（這）人不喝酒。'

3b. hapet <u>mu-daux</u> inusat <u>imini</u> a　saw ka <u>ma-busuk-ay</u>。
　　［ 喜歡 喝(AF)　酒　　這　(L) 人 (T) 會醉(AF) ］
　　'這人愛喝酒，會醉。'

4a. <u>daux-en</u> <u>(ki)</u>　inusat <u>nimisiw</u>　a　　saw。
　　［ 喝(PF) (主)　酒　　那(屬) (L)　人 ］

4b.? <u>daux-en</u>　<u>nimisiw</u>　a　saw　<u>(ki)</u>　inusat。
　　［ 喝(PF)　　那(屬) (L) 人　(主) 酒　］
　　'酒那人喝了。'

以上，巴則海語的主事焦點句和受事焦點句，屬於使用頻率高的無標記語式。通常就像這樣（例句 1－4），由及物動詞和主事、受事兩個名詞共同組成的句式。由於 VOS 的慣性詞序，主事焦點句居末位的主事者不帶主格符號，可以不影響溝通；但受事焦點句的主事者雖然也居末位，則通常需要使用屬格符號，特別是像例句(2b)、(4a)。至於受事者，不論是主事焦點句或受事焦點句，都傾向於不帶格位符號；同時發音人也傾向不接受任何其他成分插在動詞和賓語之間，如(4b)。附帶說明，純粹的不及物動詞沒有受事焦點詞綴，其唯一論元自然為主事者（嚴格的說是經驗者，experiencer）；如(3b)。若該唯一論元為代名詞，通常使用

「作格」代名詞。可看下面幾個句子，並比較(6a)、(6b)兩句：

5a.　ma-busuk　laiyaku。

　　[醉(AF)　　我　　]

　　'我醉了。'

5b.　mu-daux　inusat　ka　ma-busuk-ay　laisiw。

　　[喝(AF)　　酒　　(T)　(會)醉(AF)　　你]

　　'喝酒，你會醉。'

6a.　maNid-ay　laiyaku。

　　[哭(AF)　　我　　]

　　'我要哭了。'

6b.　imini　a　rakihan　ka　kali-m-aNid-an。

　　[這　(L)　孩子　　(T)　　愛哭(LF)　　]

　　'這孩子愛哭。'

　　至於帶受事焦點詞綴的雙賓動詞，主語落在受惠者（recipient）上；而將客體標記爲賓格，如例句(7)。可比較〈詞序〉之例句(13)。

7a.　ba-baxa'-en　mulasi　ki　saw　lia=ku。

　　[給(PF)　　稻穀　(主) 人　(了) 我]

　　'稻穀我給人了。'

7b.　imisiw　a　mulasi　b-in-axa'-en　naki　ka　riak　lia。

　　[那(些)(L)　稻穀　　給(了，PF)　我的　(T)　好　(了)]

　　'我給的稻穀是好的。'

不過，如果該雙賓動詞是使役動詞，又有受事焦點詞綴時，焦點名詞就轉移到客體上；如例句(8)。例句(8)的／pakan／

是相對於／meken／的使役動詞，不僅是使役動詞，而且是
準雙賓動詞。因爲是使役動詞，所以受惠者以主格符號爲
記，如(8a)。當其附綴受事焦點詞綴時，則轉而以主格符號
標記客體，如(8b)；或將客體名詞提到句首成爲主題，如
(8c)。因此受惠者直接跟在動詞後面，就像一般的賓語名
詞，通常都沒有格位標記。

8a. <u>p-in-akan</u> <u>(a)</u> durun <u>ki</u> atun <u>ni</u> tata。
　　〔 餵食 （賓） 米糠 （主）（人名）（屬） 後母 〕
　　'後母讓 atun 吃米糠。'

8b. tata ka <u>pakan-en</u> talima (a) rakihan <u>ki</u> sumay
　　〔後母(T) 餵食(PF) 自己 (L) 小孩 （主） 米飯
　　　iw rumut。
　　（和） 肉 〕
　　'後母餵自己的小孩吃米飯和肉。'

8c. sumay iw rumut ka p-in-akan-en ali ni apu。
　　〔 米飯 （和） 肉 (T) 餵食(PF) 孫子 （屬） 祖母 〕
　　'米飯和肉，祖母餵給孫子吃了。'

　　相對的，方位焦點和參考焦點雖然同屬非主事焦點的
範疇；卻是使用頻率較低的有標記（marker）語式。通常是
有必要指涉某一特定的、有別於其餘的對象時，才會使用這
種有標記的語式。其中參考焦點固然通常指涉工具名詞，方
位焦點則未必指涉處所名詞。可先觀察下面的句子：

9a. <u>imini</u> a sumay ka riak <u>kakan-an</u> <u>nita</u>，
　　〔 這 (L) 米飯 (T) 好 吃(LF) 咱們的

imisiw　ka　aunu　mubin[123]　a　saw　meken。
那　(T)　(可以)給　後來　　(賓)　人　吃(AF)]
'這些米飯咱們(可以)吃，那些（別吃），留給後面的人吃。'

9b. riak　kakan-an　imini　a　sumay　nita。
[好　吃(LF)　這　(L)　米飯　咱們的]
'這些米飯咱們可以吃。'

9c. kaidi　parin　kakan-an　a　sumay　nita。
[在　廚房　吃(LF)　(賓)　米飯　咱們的]
'在廚房咱們吃飯。'

10a. imini　a　sibulu　ka riak dadaux-an　a　inusat　naki。
[這　(L)　杯子　(T)　好　喝(LF)　(賓)　酒　我的]
'（在）這個杯子我（好）喝酒。'

10b. riak　dadaux-an　imini　a　inusat　nisiw。
[好　喝(LF)　這　(L)　酒　你的]
'這些酒你可以喝。'

11a. yaku　ka　sa-ken-an　ki salaman　a　sumay
[我　(T)　吃(RF)　(主)　碗　(賓)　米飯

di　parin，ini　karu　watahaw。
(處所)　廚房　不　用　海碗]
'我在廚房用碗吃飯，不是用海碗。'

11b. imini　a　salaman　ka sa-ken-an　a　sumay。
[這　(L)　碗　(T)　吃(RF)　(賓)　米飯]
'這個碗吃飯（用的）。'

---

[123] 巴則海語的 mubin 雖然可以對譯「後來」，原來應該是主事焦點動詞。而且詞尾的鼻音 -n，可能原來是邊音 -l。可比較土田先生所記的 aubil "back"。

11c. <u>imini</u>　　a　　laladan　　ka　　aunu　　<u>sa-ken-an</u>　　(<u>a</u>)
　　［　這　　(L)　　桌子　　(T)　　(可以)給　　吃(RF)　　(賓)
　　sumay　　<u>nita</u>。
　　米飯　　咱們的　］
　　'這個桌子咱們可以用來吃飯。'

12a. <u>imini</u>　　a　　sibulu　　ka　　<u>sa-daux-an</u>　　<u>a</u>　　dalum，
　　［　這　　(L)　　杯子　　(T)　　喝(RF)　　(賓)　　水
　　ini　　karu　　<u>mu-daux</u>　　inusat。
　　不(要)　用　　喝(AF)　　酒　］
　　'這個杯子喝水（用），不要（用來）喝酒。'

12b. <u>sa-daux</u>　　<u>a</u>　dalum　<u>ki</u>　sibulu　<u>naki</u>。
　　［　喝(RF)　(賓)　水　　(主)　杯子　　我的　］
　　'我（用來）喝水的杯子。'

事實上，就巴則海語而言，一般的處所名詞和工具名詞並非動詞的必要論元；在語句中的地位並不受焦點詞綴的節制。因此，我們看到上面所有的方位焦點語句（例句 9–10），居然只有(9c)指涉的果然是處所名詞。而且發音人認爲不是很自然；除非要特別強調不要在客廳吃飯，應該到廚房吃。[124]例句(9a、b)和(10b)指涉的是客體名詞；(10a)則指涉容器，即工具名詞。不過，我們若將上下文及談話的情境一併考慮，著眼於「指涉某一特定的、有別於其餘的對象」；仍然可以將各種不同的指涉對象概括爲抽象的

---

[124] 比較自然的說法是 '咱們到廚房吃飯！'
　　12c. ta-kan-i　sumay　　di　　parin！
　　［　咱們吃　米飯　　(處所)　廚房　］

「方位」。因此(9a、b)特指「這些（/這裡的）飯」，有別
於要留給後來者的「那些（/那裡的）」；咱們可以吃。
(10b)特指「這些酒」拜過祖先了，有別於剛買來的「那
些」；你可以喝。(10a)特指有許多杯子，我專挑「這個杯
子」喝酒。對於參考焦點語句（例句 11–12），也必須著
眼於「指涉某一特定的、有別於其餘的對象」，才能正確
的加以理解。而且我們必須承認，除了(12b)，其餘參考焦
點動詞的語形都有後綴 -an，其所指涉的工具名詞，因此
莫不帶有「方位」的意涵。至於 sa-...-en、si-...-an 之為參
考焦點，我尚未找到足夠的實際應用語式；多數只是作為
構詞成分的語料，讀者可回頭閱讀第三章〈構詞法〉之前
綴（6）、後綴（4）的說明和詞例。

　　現實的言談世界裡，並不是每一個動詞都能具足四種
焦點詞綴；也不是每句話都會明白的說出所有的必要論元、
與可能的非必要論元。動詞本身的語義內涵、語言使用者的
認知聯想、和交談時外在情境的互動，也會影響語言行為
（performance）、和對語句是否自然的判斷。另一方面，
說話的能力需要充分練習；不論是高談闊論或言不及義，欲
陳述事實、分析事理，都需要能精確且熟練的操作焦點系
統。很可惜，我趕不上眾人在自然的狀態下聚談的場景；無
法提供充量的語料作為練習之用。下面再舉幾組例句，簡單
示範焦點詞綴與動詞的搭配，及焦點名詞與非焦點名詞之間
的相對位置。

13a. imini   a rakihan kaidi xumak ka p-in-akan-en naki。
[這(主)(L) 小孩   在 房子 (T) 餵食(了 PF) 我的]
'這孩子在家裡我已經餵過了。'

13b. kaidi xumak ka pakan-an rakihan u alaw naki。
[在 房子 (T) 餵食(LF) 小孩 (賓) 魚 我的]
'在家裡我餵小孩吃魚了。'

13c. alaw ka p-in-akan-en rakihan di xumak nimisiw。
[魚 (T) 餵食(了 PF) 小孩 (在) 房子 他的]
'魚，他在家裡已經餵給小孩吃了。'

13d. imini (a)   ali (ka) pakan (a) rumut ni akuN。
[這 (L) 孫子(T) 餵食 (賓) 肉 (屬) 祖父]
'這個孫子祖父餵他肉吃。'

13e. pakan-ay wazu naki   di   parin。
[餵食 狗 我的 (處所) 廚房]
'我在廚房正準備餵狗。'

14a. balan m-in-eken alaw ka adu-en dini naki。
[貓 吃了(AF) 魚 (T) 放(PF) 這裡 我]
'貓吃掉了我放在這裡的魚。'

14b. kita-i na！ma-sakaw meken alaw ki balan disiw。
[看！ 偷(AF) 吃 魚 (主) 貓 那裡]
'看哪！貓在那裡偷吃魚。'

14c. kaidi parin ka sa-sakaw-an meken alaw ni
[在 廚房 (T) 偷(RF) 吃 魚 (屬)
balan lia。
貓 (了)]
'在廚房貓偷吃魚了。'

14d. kaidi parin ka ma-a-sakaw meken alaw ki balan。

[在　廚房 (T)　(正)偷(AF)　吃　　魚 (主)　貓　]

'貓在廚房裡正要偷吃魚。'

14e. sakaw-an di parin meken alaw ni balan lia。

[偷(LF)　(在)廚房　吃　　魚　(屬) 貓　(了)]

'貓把魚偷（銜）到廚房吃了。'

15a. adaN　a　adus Nazib-en ni balan ka adu-en

[一隻 (L)　老鼠　咬(PF)　(屬) 貓 (T)　(放 PF)

di babaw xumak。

(在) 上面　房子]

'有一隻老鼠被貓咬到屋頂上了。'

15b.　di babaw xumak adaN a balan m-a-uNazip

[(處所)上面　房子　一隻 (L)　貓　正咬(AF)

adus。

老鼠]

'屋頂上有一隻貓正在咬老鼠。'

16a. isiw ka aleb-i 　(ki) xumak !

[你 (T) 關門!　(主) 房子　]

'你，房門關起來！'

16b. aleb-i nisiw ki xumak !

[關門!　你的　(主) 房子　]

'你把房門關起來！'

16c. aleb-en (ki) xumak nisiw。

[關門(PF) (主)　房子　你的]

'房門你關起來了。'

17a. xe'ed-i di abaxa ki dapas！

[綁！ (在) 肩膀 (主) 簸箕]

'把簸箕綁在肩上！'

17b. xe'ed-en ni hakezeN a saw di abaxa ki dapas。

[綁(PF) (屬) 老 (L) 人 (在) 肩膀 (主) 簸箕]

17c. xe'ed-en (ki) dapas di abaxa ni hakezeN a saw。

[綁(PF) (主) 簸箕 (在) 肩綁 (屬) 老 (L) 人]

'簸箕綁在老人肩上了。'

17d. dapas imisiw ka xe'ed-en ni hakezeN a saw

[簸箕 那(主) (T) 綁(PF) (屬) 老 (L) 人]

di abaxa。

(在) 肩膀]

'那個簸箕老人綁在肩上了。'

17e. di abaxa ka xe'ed-an u dapas nimisiw a saw。

[(在) 肩膀 (T) 綁(LF) (賓) 簸箕 那(屬) (L) 人]

'在那個人的肩上綁著簸箕。'

(13)句主要示範使役動詞／pakan／的用法，可比較上文第(8)句。主要是處所名詞可能出現的位序，及其與其他論元的相對關係；(13e)則強調事件尚未實現，該動作將要執行。(14a)可看母句與子句動詞使用不同的焦點，子句的焦點名詞為母句的受事者。(14b-e)相當於「連動式」，語意上的主要動詞應該是第二個動詞／meken／；但是起形態變化的是第一個動詞。儘管「偷」然後「吃」的先後關係，可能受到漢語的暗示；根據我的觀察，巴則海語若連用兩個以上的動詞，一律只有第一個動詞起形態變化。又可比較(14c-e)三句，其中

(c)句的 sa-sakaw-an 應該就是參考焦點動詞；但這樣的句子一旦重複核對，發音人總是猶疑不決。(15a)相對於(14a)，母句和子句的焦點名詞都是'老鼠'。(15b)如同(14d)，都是帶 -a- 中綴的主事焦點動詞，強調事件正在進行中。(16a-c)示範受事焦點動詞句(c)和命令句，兩者的語句形式很接近；命令句只能傳達非主事者焦點，但語調和受事焦點句完全不同。(17)句主要示範受事者焦點的詞序比較不受慣性詞序的左右。此外，命令句和受事焦點都以受事的客體名詞為主語；相對的，同樣是客體名詞，在(17e)卻使用賓格符號標記。

（二）時制、體貌和語氣

　　沿用印歐語言的語法規範，我們在描寫一個語言的語法體系時，照例要說明這個語言如何表達時間的概念，即「時制」──過去、現在、未來；又如何表達不同活動類型的方式，即「體貌」──行為或事件的完成與否；還有說話者為表述事件，可能採取不同的態度，諸如肯定、持疑、虛擬、祈求等「語氣」的不同。而這三種語法範疇在古典印歐語言裡，通常反映在動詞的形態變化上、或使用助動詞。所以，習慣上討論動詞的時候，便套用印歐語的辦法，想就動詞本身解析這些語法範疇。我們承認，這三種語法範疇應屬人類的認知，而表現於語言上的共通範疇。但不同的語言的語法體系，呈顯這些範疇的方式可能各不相同；未必都表現

在動詞的形態變化上。譬如,國語的動詞原則上是缺乏形態變化的。國語對所謂「時制」的呈現,從動詞本身完全看不出來;必須藉助必要的時間副詞片語——諸如"昨天、現在、未來"等,來加以表達。至於表達事件行為的完成與否,則必須經由適當的使用諸如"過、著、了、正在"等字眼;而這些字眼視不同的語境,得為一般動詞。國語的語法體系之於「語氣」,除了經由特定、有限的副詞,或語尾助詞"嗎、吧、呢"等,來呈現之外,也相當倚重語調的不同。凡此,國語的語言形式,都無法直接套用印歐語言的經驗。

巴則海語,如同其他的南島語,雖然不像國語那麼極端,也和印歐語有相當的差異。原則上,巴則海語的動詞具有相當複雜的形態變化,在第三章已經有相當清楚的描述了。我們可以這麼說,巴則海語的「時制、體貌、語氣」,大多數確實經由動詞的變化加以呈現。例如具有中綴／-in-／的動詞詞形,通常表示事件行為業已「完成」;時間便往往限定是「過去式」。相對的,中綴／-a-／是表示事件持續進行中,或動作行為初發端的附加語位;帶有中綴／-a-／的動詞詞形,通常意味著中性的現在時間。此可比較本章第二節的例句(36)和(40)。又如,後綴／-aw／可以表達「祈求」的語氣;同時意味著事件尚未實現,可以認為兼表時間的「未來」。而帶有另一個後綴／-ay／的動詞,則不僅也可以表示未來的時間;更傳達說話者預期事件會實現、或動

作將要執行的意思，因此兼有呈現「體貌」的作用。至於巴則海語的「語氣」，除了如上述，後綴／-aw／可以表達「祈求」的語氣之外。在討論代名詞時，我們也提到由 la-系列代名詞構成的句子，通常可以表達「虛擬」的語氣。此外，「語氣」就多半透過不同的語調來表達；也有如國語，在句末加上所謂的「語尾助詞」，如「後綴」之例詞(6)那樣。

　　換言之，巴則海語雖然可以從動詞的變化看到「時制、體貌、語氣」三種語法範疇；三種語法範疇卻缺乏各自獨立的形式表達，而無法直接借用印歐語言的經驗來解析。特別是務必明白表示「時制」，總是得使用時間副詞。如例句(18)，只是將例句(1a)加上 nukuazixa ‘昨天’，便限定是過去時間的陳述。

　18. <u>nukuazixa</u>　meken　alaw (ki)　balan。
　　　[　昨天　　吃(AF)　魚 (主)　貓　]
　　　‘昨天貓吃魚。’

又不僅這三種語法範疇無法截然劃分，他們與焦點系統也有著部分重疊。比如，主事焦點動詞通常表示中性的現在時；而受事焦點動詞則多半意味著過去時間、與完成式的「體貌」。

　　以上，是關於巴則海語的焦點系統，與「時制、體貌、語氣」的極為簡略的說明；由於長篇語料的缺乏，實在無法以足夠的例句，充分呈現這方面句法的完整面貌。而且

關於句法的描寫，只能就此打住。本書一開始，業已鄭重聲明「第四章是不完整、未完成的一章。……第四章的完成，恐怕得期待年輕的巴則海族人。唯有他們樂意說自己的母語，能以母語說故事，甚至高談闊論。我才能取得足夠且詳實的語料，以爲句法分析之用」。謹以這段聲明，誠懇的請求讀者的諒解。

第 **5** 章
巴則海語的基本詞彙

基本詞彙表[125]

漢　　語	英　　　語	巴 則 海 語
頭	head	punu
頭髮	hair	bekes
臉	face	dais
額	forehead	taNela
眼睛	eye	daurik
耳朵	ear	saNira[126]
鼻子	nose	muziN
嘴	mouth	rahan
牙齒	tooth	lepeN
乳房	breasts	nunuh
肋骨	ribs	takaxaN
手	hand	rima

---

[125] 這個詞彙表的格式及漢英對譯，是團隊合作的成品；不敢掠美。唯其中巴則海語彙如有誤記誤譯，全屬筆者疏漏。

[126] 又讀 sariNa。

腳	foot	karaw
小腿	calf	pupu
大腿	leg	sasarisan [127]
皮膚	skin	rapay
骨	bone	bul [128]
肉	flesh	rumut
油脂	fat, grease	selem [129]
手肘	elbow	ziku
膝蓋	knee	ilas
膽	gall	apuzu
肺	lung	baxa
肝	liver	asay
心	heart	bubu
胃	stomach	tauku
肚子, 腹	belly	tial [130]
血	blood	damu
血管	vein	huhas
大脖子	goiter	bakuay
跛腳	lame, crippled	mairay [131]
傷害	wound	kudis [132]

[127] sa-saris-an？巴則海語的 saris，可指稱‘繩子’。

[128] 或讀 bun。

[129] 此稱‘油脂’，‘肥胖’則說 baget。

[130] 或讀 tian。

[131] ‘瘸手’可說 mairay ka rima。

[132] ‘貓抓的傷’可說 kudis a balan。

口水	saliva	hapat
尿	urine	hilut
屎	excreta	saik [133]
屁	fart	bu'ut
人	person	saw
男人	man	mamaleN
女人	woman	mamais
配偶	spouse	tau xumak [134]
父親	father (reference)	— —
爸爸	father (address)	aba
母親	mother (reference)	— —
媽媽	mother (address)	ina
小孩	child	rakihan
兄姊	older sibling	abasan
弟妹	younger sibling	suwadi
朋友	friend	balix [135]、rak
敵人	enemy	ini makariak [136]
頭目	chief	taupuNu
熊	bear	taNatex

---

[133] 形似閩南語的 sai^2，不過此一詞在巴則海語裡同時又稱‘肥料’。

[134] 巴則海語的 xumak 本義是‘家屋’。tau xumak 相當閩南語的‘屋裡的人’。又可參看註 21。

[135] 這個詞也有‘隔壁鄰居’的意思。

[136] 巴則海語的 riak 是‘好、同意’的意思，前加 maka- 有‘變成、成為’之義；ini 是否定詞‘不’。因此 ini makariak 直譯是‘不一成為（友）好（的人）’。

豬	pig	baruzak
鹿	deer	luxut
狗	dog	wazu
貓	cat	balan
豹	leopard	raNedaN
猴子	monkey	rutuh
飛鼠	flying squirrel	adus a mahabahar
松鼠	squirrel	buhut
田鼠	rat	adus [137]
羊	goat, sheep	muris
穿山甲	ant-eater, pangolin	axem
鳥	bird	ayam
雞	chicken	pataru
山雞, 雉	pheasant	kumukum [138]
鴿子	pigeon	baxut
蛇	snake	ezet
蛆	maggot	zihikay
頭蝨	head louse	kusu
蚊子	mosquito	tibaun
蒼蠅	fly	raNaw
蜜蜂	honeybee	NaNus [139]

---

[137] 比較‘飛鼠’。

[138] 俗稱‘紅腳鳥’，對昔日的族人是美味的山珍。

[139] 相關的語彙還有：kakiti 是‘小土蜂’，walu 是‘虎頭蜂’。

蜜糖	honey	yamadu
蟲卵	nit	deres [140]
蛋	egg	batu'ayam [141]
水蛭	leech	wili
魚	fish	alaw
鰻	eel	tula
龜	turtle	raulu
樹木	tree	kahuy
樹林	forest	rizik a binayu
草	grass	semer
根	root	huhas、xames [142]
葉	leaf	rabax
枝	branch	paNa
果實	fruit	madu
蔬菜	vegetables	xalam
竹子	bamboo	patakan
竹筍	sprout, bamboo　shoot	alis
松樹	pine-tree	tul [143]

---

[140] 有硬殼即將成蟲的卵稱之。

[141] batu'-ayam ‘蛋-鳥’，比較 ‘石頭’。根據早期的記錄，巴則海語有詞尾喉塞音的 batu' 是 ‘蛋’，和叫 batu 的 ‘石頭’，應該是最小對比詞。但是現在他們自己在發音上已經分不清楚了。為免混淆，就像漢字累增偏旁的分別文一樣，在 ‘蛋’ 後頭又加上 ‘雞’ 或 ‘鳥’。此時詞間的喉塞音〔'〕很清楚。又可參看註 6。

[142] xames 是 ‘鬚根’。

[143] 或讀 tun。

林投	pandanus	butabut
香蕉	banana	belebel [144]
檳榔	betel-nut	ta'ataken [145]
籐	rattan	xawas
甘蔗	sugarcane	tubus
菇	mushroom	darax、tatupun [146]
芋頭	taro	dukul [147]
稻穀	rice	mulasi
米	husked rice	lasu
太陽	sun	rizax
月亮	moon	ilas
星星	star	bintul [148]
雲	cloud	rubuN
霧	fog	reberem
風	wind	bari
天	sky	kawas
地	earth	Daxe
山	mountain	binayu
水	water	dalum
火	fire	hapuy

[144] 或讀 beleben。

[145] 這是由'咀嚼'的詞根 atak,造出來的衍生新詞,'檳榔'指的就是常在嘴裡咀嚼的物。

[146] darax 指地裡長的菌類,tatupun 指腐木或樹幹上長的菌類。

[147] 或讀 dukun。

[148] 或讀 bintun。

砂	sand	bunat
石	stone	batu
煙	smoke	busubus
雨	rain	udal [149]
露水	dew	damer
虹	rainbow	baxabax
閃電	lightening	malapet
打雷	thunder	makuras
灰爐	ashes	abu
灰塵	dust	burabur [150]
白天	day	dali'an [151]
半夜	night	xini'an
河流	river, brook	raxuN
年	year	kawas
月	month	ilas
路	road	daran
村莊, 部落	village, tribe	retel [152]
水田	farm, field	umamah
臼	mortar	luzuN

---

[149] 或讀 udan。

[150] 可比較 '揚塵' 為 muhabu。意指像兒童惡作劇，故意揮灑塵土讓對方睜不
開眼睛，稱之。

[151] 一天、兩天的 '日'，光說 dali 便可。

[152] 或讀 reten。

杵	pestle	suru
弓	bow	rawil [153]
箭	arrow	buzux
弓弦	bowstring	saris
繩子	rope	saris
線	thread	kixiu　saris [154]
針	needle	daxem
鉤	hook	tati'ilan
餌	bait	tulil [155]
蓆子	mat	saguzut
屋子	house	xumak
屋頂	roof	tilap
陷阱	trap	tilikat [156]
名字	name	laNat
禁忌	taboo	ausin　makawas [157]
語言, 話	language	rahan
齒間殘餘物	food particles caught between the teeth	siNasen [158]

[153] 費羅禮和土田滋都記 rawil；而我的發音人認為 rawil 似乎也是 '箭'，投擲用的箭。不過現在的巴則海人之於「獵事」，顯然早已因生疏而遺忘。

[154] kixiw-saris？kixiw 是野生苧麻的纖維，saris 是 '繩子'。

[155] tulil 實指 '蚯蚓'。

[156] 此指隱藏式捕獸的 '套索'。指 '捕鼠機' 則說 sapateren。

[157] '不要、不可一說'，發音人其實是以巴則海語解釋漢語的 '禁忌'。

[158] 參看註 78。

菜肴	side dishes	saken [159]
酒	wine	inusat
衣服	clothes	siatu
帽子	hat	kakumus
番刀	sword	tadaw
長矛	spear	dadakus
口吹	blow	muhium
咬	bite	muNazip
吃	eat	meken [160]
喝	drink	daux
打嗝	belch	kadipeleplan
嘔吐	vomit	muta
呼吸	breathe	muhinis
吸	suck	muzezep
看	see	mikita
聽	hear	tumala [161]
嗅	smell	musazek
說	talk	mukawas
笑	laugh	mahatan
唱	sing	muturay [162]
哭	cry, weep	maNit

---

[159] sa-ken 意指 '吃的東西'。

[160] 比較 '菜肴'。

[161] t-a-umala 是 '傾聽、聆聽'。

[162] 參看註 68。mu-turay 是 '唱歌'，'唱戲' 要說 ma-turay。

打呵欠	yawn	masuaw
打	hit	mukuduN [163]
撫摸	grope	maxamaxam
抱	hold	miba
抓	scratch	mukurit
射	shoot	lalakaday [164]
切	carve	muxizip
砍	cut	mutamak [165]
指	point to (to show)	pakita [166]
縫	sew	musais [167]
織布	weave	pabekeben [168]
洗（碗盤）	wash (dishes)	mesenaw
洗（衣服）	wash (clothes)	mubazu [169]
洗（澡）	wash (bathe)	madawan [170]

---

[163] 此指用棍子‘打’。用手掌‘打’是 mubaket，用拳頭‘打’則是 mutunur。

[164] la-lakad-ay？可參看第三章「重疊構詞」的討論。

[165] 此指用刀子‘剁’。用斧頭‘砍’，要說 mubarax。

[166] 由‘看’的詞根 kita 衍生的詞，意思是‘給(別人)看’。

[167] 比較詞‘繩子’和‘線’。

[168] pa-bekeb-en？比較 mutu'un‘編、織’；根據發音人的說明，巴則海人不會‘織布’這項工藝。

[169] 參看註 71。昔日人們到水邊洗衣服，會有搓揉、捶打的動作；洗滌食具自然不是同樣的動作。

[170] 其實是昔日人們到溪、河裡，浸泡在水裡的意思；因此現在的‘浴室’可以說 sa-padawan，原意就是用來‘洗澡’的地方。。所以’洗手’就不說 madawan，而說 mesenaw rima。

擲	throw	mete'eN
挖	dig	mukizu、mudaxan [171]
篩	winnow	mutapes [172]
打穀	thresh	muhilihin [173]
舖蓆子	lay　mat	musaguzut [174]
拍	tap	mutapih
打獵	hunt	mupatus [175]
殺	kill	mutahay
賣	sell	maxibariw
買	buy	mubariw [176]
借	borrow	mukabaret [177]
給	give	mubaxa、aitana [178]
拿	take	mara
偷	steal	masakaw

---

[171] mukizu 指‘挖’起來的動作，mudaxan 指向下‘挖’掘的動作。

[172] 上下簸揚。若指左右‘篩’動，則說 maharik。

[173] 巴則海語稱現在的‘打穀機’為 sa-muhilihin　mulasi。

[174] mu-saguzut。saguzut 就是‘蓆子’。

[175] 參看註 153。mu-patus 的 patus 是‘槍’。對於‘打獵’，他們似乎也沒有一個抽象的、可以總稱獵事的詞，而視實際的出獵行動有不同的用語。如果是帶著狗出獵說 malep，使用陷阱說 mute'en。

[176] 比較‘賣’。巴則海語表示‘買賣’的語根為 bariw，當其附加表示非主事者焦點的後綴 -en 時，一方固然是‘物被買’了；就對方而言 bariwen 便是‘賣物’。而 sabariwen，則是‘要賣的物’。同樣的，xibariwen 就相對的一方而言，便是‘買物’。

[177] 參看註 176。mukabaret 是‘借入’，kabared-en 是‘借出’，借給別人的意思。

[178] mabaxa 是‘賞賜、交付、付給’，aitana 是‘（分）給（我）！’之意。

藏	hide	musuzuk
打開	open	mataNa
關上	close	malep [179]
走	walk	muzakay
跑	run	mitalam [180]
跳	jump	pirutut [181]
跳舞	dance	pairutut [182]
飛	fly	mahabahar [183]
游	swim	mulaNuy
燒	burn	manat、padalak [184]
煮	cook	mutalek
烤	roast	musulih
坐	sit	mituku?
睡	sleep	midem
作夢	dream	paisipi
來	come	Alu [185]
去	go	usa、mukusa [186]

---

[179] 比較註 175 的 malep。這裡實際上是 m-alep，alep 就是‘門’。又可參看註 15。

[180] 參看註 45。

[181] 蹦跳說 tihalut。

[182] p-a-irutut。可比較‘跳’，-a- 表示動作持續進行中。

[183] 比較‘飛鼠’。

[184] manat 是火正在‘燃燒’。padalak 是使火‘燒旺’。

[185] alu 一般用在招呼語，意思是‘來吧、過來’。mupuzah、masikarum、視不同的情境分別有‘來了（／到了）、進來’的意思。

[186] usa 相對於 alu　ma-usay 通常用在道別時，意思是‘我走了’。mukusa 則

知道	know	mabaza
回答	answer	pabaret
跟隨	follow	mulubulup
跌倒	fall down	makuralah [187]
做工	work	mukukusa [188]
等候	wait	maxutaxa
醉	drunk	mabusuk
害怕	fear	maNesen
漂流	adrift, flow	muluis、rarahut [189]
好的	good	riak
壞的	bad	saziah [190]
大的	big	mataru
小的	small	tatih [191]
長的	long	halupas
短的	short	hatikel [192]
熟的	ripe	mazih
生的	raw	maNayah
舊的	old	muzizay

相對於 mupuzah，是‘去了’之意。

[187] 　專指人‘跌倒’。東西‘傾倒’或因自然力‘倒下來’說 maurit。

[188] 　一說 mahapet，寓意工作態度勤快。

[189] 　muluis 是‘漂流、隨波逐流’，rarahut 是田水流動的‘流’。

[190] 　東西‘壞’了。‘壞’人說 haziah　a　saw（參看第四章第一節的例句 17-20）；魚腐臭‘壞’了，說 tuziah　a　alaw。

[191] 　又讀 tatin。

[192] 　又讀 hatikeN。

新的	new	xias
冷的	cold	lamik
熱的	hot	makux
暗的	dark	sem
乾淨的	clean	masezaw [193]
髒的	dirty	daki'en、tudaki [194]
遠的	far	manu
近的	close	alih [195]
重的	heavy	haideN [196]
輕的	light	haluba
厚的	thick	maNipar
薄的	thin	halipit
乾的	dry	makarit
濕的	wet	mupayak
活的	alive	mairat
死的	dead	purihat
銳利的	sharp	kamalaN [197]
疼的	bitter	asikis [198]
黏的	adhere	mudapin [199]

---

[193] 比較 mesenaw '洗澡'，並參看註 71、169、170。又，'白' risilaw，也可以表示乾淨的意思。

[194] tu-daki 是髒到發臭的意思。

[195] '坐過來、靠近一點' 說 alu ki'alih。

[196] 參看註 81。

[197] '尖銳' 說 lupazem。

[198] asikis a punu 是 '頭疼'。若指東西 '味苦'，則說 pazit。

飽食	satiated	mineken [200]
飽滿		mabini
一	one	ida
二	two	dusa
三	three	turu
四	four	supat
五	five	xasep
六	six	xasebuza
七	seven	xasebidusa
八	eight	xasebituru
九	nine	xasebisupat
十	ten	isit
一百	one hundred	adaN a hatel [201]
我	I (nom.)	yaku
我們	we (exclusive)	yami
咱們	we (inclusive)	ita
你	thou	isiw
你們	you (pl.)	imu
誰	who	ima
這個	this (nom.)	imini
那個	that	imisiw

---

[199] 東西‘黏’在一起扯不開，要說 mahehes。

[200] 比較‘吃’me-ken。m-in-eken 就是‘吃過了、已經吃了’。此外 tileket 也是‘（吃）飽’的意思。

[201] 或讀 adaN a haten。

多少	how many	xanisay
前面	front	dakal [202]
後面	back	aubil [203]
上面	above, up	babaw
下面	below, beneath	ruburubu
左邊	left	tuxi [204]
右邊	right	anan

---

[202] 或讀 dakan。

[203] 或讀 aubin。

[204] matu-ixi 是‘左利、左撇子’。tuxi 很可能是 tu-ixi > tuyxi > tuxi。，可比較‘左’為 ixi；而且我的發音人認為專指‘左手’時要說〔tuyxi〕。

參 考 書 目

小川尙義、淺井惠倫（Ogawa, Naoyoshi & Asai, Erin）編

    1935   《原語による台灣高砂族傳說集》，台北帝國
            大學研究室。

何大安、黃金文

    1996   《南島語槪論》（授課講義）。

李壬癸

    1992a 《台灣南島語言的語音符號系統》，教育部教
            育研究委員會出版，台北。

    1992b 《台灣南島語言的內部與對外關係》（計劃報
            告書），國立台灣史前文化博物館籌備處。

    1997   《台灣平埔族的歷史與互動》，常民文化出
            版，台北。

    1998   〈巴則海語的格位標記系統〉，董忠司主編
            《台灣語言及其教學國際研討會論文集》(1)：
            57-81。

李壬癸、林淸財

    1990   〈巴則海族的祭祖歌曲及其他歌謠〉，《中央
            研究院民族所資料彙編》No. 3: 1-16。

李壬癸、林英津　主編

    1995   《台灣南島民族母語研究論文集》，教育部教

育研究委員會出版，台北。

林英津

1989 〈巴則海語——埔里愛蘭調查報告〉，《台灣風物》No. 39.1: 176-200。

1999 〈語言本能——原住民母語復育的契機：巴則海語個案實例〉，《八十七學年度原住民教育學術論文研討會議論文集》：70-119，台東師範學院。

洪秀桂

1973 〈南投巴宰海人的宗教信仰〉，《台大文史哲集刊》No. 22: 445-509。

莊英章（Chuang, Ying-chang）主編

1988 《台灣平埔族研究書目彙編》，中研院台灣史田野研究室資料叢刊之一。

潘大和

1992 《台灣平埔族 Pazeh 之語彙》（手稿自印本）。

潘金玉

1997 《巴宰語彙》（手稿自印本）。

衛惠林

1981 《埔里巴宰七社志》，中央研究院民族所專刊No. 27。

Blust, Robert（白樂思）

1977 The Proto-Austronesian Pronouns and Austronesian

Subgrouping: A Preliminary Report. *University of Hawaii Working Papers in Linguistics* 9.2: 1-15.

Chang, Yung-li（張永利）

　　1997　Voice, Case and Agreement in Seediq and Kavalan （賽德克語和噶瑪蘭語的語態、格位與呼應） Ph.D. Dissertation, Tsing Hua University, Hsinchu, Taiwan.

Ferrell, Raleigh（費羅禮）

　　1969　*Taiwan Aboriginal Group: Problems in Cultural and Linguistic Classification.* Institute of Ethnology. Taipei: Academia Sinica Monograph, No. 17.

　　1970　The Pazeh-Kahabu Language. *Bulletin of the Department of Archaeology and Anthropology of Taiwan National University* 31/32: 73-97.

French, Koleen Matsuda

　　1988　The Focus System in Philippine Languages: An Historical Overview. *Philippine Journal of Linguistics* Vol. 18, No.2 and Vol. 19, No.1: 1-27.

Huang, Lillian M.（黃美金）

　　1994　Ergativity in Atayal. *Oceanic Linguistics* Vol. 33, No.1: 129-143.

Li, Paul Jen-Kuei（李壬癸）

　　1977　Morphophonemic Alternations in Formosan

Languages. *Bulletin of the Institute of History and Philology* 48.3: 375-413. Academia Sinica.

1978 The Case-marking Systems of the Four Less Known Formosan Languages. In *Proceedings of the Second International Conference on Austronesian Linguistic* 569-615.

1994 A Syntactic Typology of Formosan Languages——Case Markers on Nouns and Pronouns. In *Proceedings of the Fourth International Symposium on Chinese Languages and Linguistics*（ICLLIV）eds. by Ho and Tseng: 270-289.

1995 Formosan vs. Non-Formosan Features in Some Austronesian Languages in Taiwan. In *Austronesian Studies Relating to Taiwan* 651-681. Academia Sinica, Taipei.

1999 Some Aspects of Pazeh Syntax. Paper for regular academic meeting on May 10, Institute of Linguistics, Academia Sinica, Taipei.

Lin, Ying-chin（林英津）

1999 On Pazeh Morphology. Paper for SEALS on May 21-23, UC Berkeley.

Ross, Malcolm

1995 Reconstructing Proto-Austronesian Verbal

Morphology: Evidence from Taiwan. In *Austronesian Studies Relating to Taiwan* 727-791. Academia Sinica, Taipei.

Starosta, Stanldy、Pawley, A. K.、Reid, L. A.

1982 The Evolution of in Austronesian. In Amran Halim, Lois Carrington and S. A. Wurm, eds. Papers from *the Third International Conference on Austronesian Linguistics*, Vol. 2:145-170.

Tsuchida, Shigeru（土田滋）

1969 *Pazeh Vocabulary*. Unpublished manuscripts.（九三年族人潘大和核對並中譯，流傳同好間）

1982 *A Comparative Vocabulary of Austronesian Languages of Sinicized Ethnic Groups in Taiwan*, Part I: West Taiwan. Memoirs of the Faculty of Letters University of Tokyo.（東京大學文學部研究報告）No. 7.

專有名詞解釋

三劃

小舌音 (Uvular)

　發音時，舌背接觸或接近軟顎後的小舌所發的音。

四劃

互相 (Reciprocal)

　用以指涉表相互關係的詞，如「彼此」。

元音 (Vowel)

　發音時，聲道沒有受阻，氣流可以順暢流出的音，可以
　單獨構成一個音節。

分布 (Distribution)

　一個語言成分出現的環境。

反身 (Reflexive)

　複指句子其他成份的詞，如「他認爲自己最好」中的
　「自己」。

反映 (Reflex)

　直接由較早的語源發展出來的形式。

五劃

引述動詞 (Quotative verb)

用以表達引述的動詞，後面常接著引文，如「他說
『…』」。

主事者 (Agent)

在一事件中扮演動作者或執行者之語法成分。

主事焦點 (Agent focus)

焦點的一種，主語為主事者或經驗者。

主動 (Active voice)

動詞的語態之一，選擇動作者或經驗者為主語，與之相
對的為被動語態。

主題 (Topic)

句子所討論的對象。

代名詞系統 (Pronominal system)

用以替代名詞片語的詞。可區分為人稱代名詞、如
「我、你、他」，指示代名詞，如「這、那」或疑問代
名詞，如「誰、什麼」等。

包含式代名詞 (Inclusive pronoun)

第一人稱複數代名詞的形式之一，其指涉包含聽話者，
如國語的「咱們」。

可分離的領屬關係 (Alienable possession)

領屬關係的一種，被領屬的項目與領屬者的關係為暫時
性的，非與生具有的，如「我的筆」中的「筆」和
「我」，參不可分離的領屬關係（inalienable

possession）。

可指示的 (Referential)

具有指涉實體之功能的。

目的子句 (Clause of purpose)

表目的的子句，如「爲了⋯」。

六劃

同化 (Assimilation)

一個音受到其鄰近音的影響而變成與該鄰近音相同或相似的音。

同源詞 (Cognate)

語言間，語音相似、語意相近，歷史上屬同一語源的詞彙。

回聲元音 (Echo vowel)

重複鄰近音節的元音，而把原來的音節結構 CVC 變成 CVCV。

存在句結構 (Existential construction)

表示某物存在的句子。

曲折 (Inflection)

區分同一詞彙不同語法範疇的型態變化。如英語的 have 與 has。

有生的 (Animate)

名詞的屬性之一，用以涵蓋指人及動物的名詞。

自由代名詞 (Free pronoun)

可獨立出現,通常分布與名詞組相似的代名詞,相對附
著代名詞。

舌根音 (Velar)

由舌根接觸或接近軟顎所發出的音。

七劃

刪略 (Deletion)

在某個層次原先存在的成分,經由某些程序或變化而不
見了。如許多語言的輕音節元音在加詞綴後,會因音節
重整而被刪略。

助詞 (Particle)

具有語法功能,卻無法歸到某一特定詞類的詞。如國語
的「嗎」、「呢」。

含疑問詞的疑問句 (Wh-question)

問句之一種,以「什麼」、「誰」、「何時」等疑問詞
詢問的問句。

完成貌 (Perfective)

「貌」的一種,事件發生的時間被視為一個整體,無法
予以切分,參非完成貌 (Imperfective)。

八劃

並列 (Coordination)

指兩個句子成分在句法上的地位是相等的,如「青菜和
水果都很營養」中的「青菜」與「水果」。

使動 (Causative)

　某人或某物造成某一事件之發生，可以透過特殊結構、動詞或詞綴來表達。

受事者 (Patient)

　句子中受動作影響的語意角色。

受事焦點 (Patient focus)

　焦點之一，其主語爲受事者，在南島語中，通常以- n 或- un 標示。

受惠者焦點 (Benefactive focus)

　焦點的一種，主語爲受惠者。

呼應 (Agreement)

　指存在於一特定結構兩成分間的相容性關係，通常藉由詞形變化來表達。如英語主語爲第三人稱單數時，動詞現在式須加 – s 以與主語的人稱及數呼應。

性別 (Gender)

　名詞的類別特性之一，因其指涉的性別區分爲陰性、陽性與中性。

所有格 (Possessive)

　標示領屬關係的格位，與屬格（Genitive）比較，所有格僅標示領屬關係而屬格除了標示領屬關係之外，尚可標示名詞的主從關係。

附著代名詞 (Bound pronoun)

　無法獨立出現，必須附加於另一成分的代名詞。

非完成貌 (Imperfective)

　「貌」的一種，動作或事件被視為延續一段時間，持續或間續發生。參「完成貌」。

九劃

前綴 (Prefix)

　指加在詞前的詞綴，如英語表否定的 un-。

南島語系 (Austronesian languages)

　指分布在太平洋和印度洋島嶼中，北起台灣，南至紐西蘭，西至馬達加斯加，東至南美洲以西復活島的語言，約有一千二百多種語言。

後綴 (Suffix)

　加在一詞幹後的詞綴，如英語的 –ment。

指示代名詞 (Demonstrative pronoun)

　標示某一指涉與說話者等人遠近關係的代名詞，如「這」表靠近，「那」表遠離。

是非問句 (Yes-no question)

　問句之一種，回答為「是」或「不是」。

衍生 (Derivation)

　構詞的方式之一，指詞經由加綴產生另一個詞，如英語的 work 加 -er 變 worker。

重音 (Stress)

　一個詞中念的最強的音節。

音節 (Syllable)

發音的單位，通常包含一個母音，可加上其他輔音。

十劃

原因子句 (Causal clause)

用以表示原因的子句，如「我不能來，因為明天有事」
中的「因為明天有事」。

原始語 (Proto-language)

具有親屬關係的語族之源頭語言。為一假設，而非真實
存在之語言。

時制 (Tense)

標示事件發生時間與說話時間之相對關係的語法機制，
可分為「過去式」（事件發生時間在說話時間之前）、
「現在式」（事件發生時間與說話時間重疊）、「未來
式」（事件發生時間在說話時間之後）。

時間子句 (Temporal clause)

用來表示時間的子句，如「當...時」。

格位標記 (Case marker)

標示名詞組語法功能的符號。

送氣 (Aspirated)

某些塞音發音時的一種特色，氣流很強，如國語的/ㄆ/
(p^h)音即具有送氣的特色。

十一劃

副詞子句 (Adverbial clause)

扮演副詞功能的子句，如「我看到他時，會轉告他」中的「我看到他時」。

動詞句 (Verbal sentence)

以動詞做謂語的句子。

動態動詞 (Action verb)

表示動作的動詞，與之相對的爲靜態動詞。

參與者 (Participant)

指涉及或參與一事件中的個體。

專有名詞 (Proper noun)

用以指涉專有的人、地等的名詞。

捲舌音 (Retroflex)

舌尖翻抵硬顎前部或齒齦後的部位而發的音。如國語的/ㄓ、ㄔ、ㄕ/。

排除式代名詞 (Exclusive pronoun)

第一人稱複數代名詞的形式之一，其指涉不包含聽話者；參「包含式代名詞」。

斜格 (Oblique)

用以涵蓋所有無標的格或非主格的格，相對於主格或賓格。

條件子句 (Conditional clause)

表條件，如「假如…」的子句。

清化 (Devoicing)

指濁音因故而發成清音的過程。如布農語的某些輔音在

字尾會清化,比較 huud [huut] 「喝 (AF)」 與 hudan 「喝 (LF)」。

清音 (Voiceless)

發音時聲帶不振動的輔音。

被動 (Passive)

語態之一,相對於主動,以受事者或終點為主語。

連動結構 (Serial verb construction)

複雜句的一種,含兩個或兩個以上的動詞,無需連詞而並連在一起。

陳述句 (Declarative construction)

用以表達陳述的句子類型,相對於祈使與疑問句。

十二劃

喉塞音 (Glottal stop)

指聲門封閉然後突然放開而發出的音。

換位 (Metathesis)

兩個語音次序互調之程。比較布農語的 ma-tua 「關 (AF)」與 tau-un「關 (PF)」。

焦點系統 (Focus system)

在南島語研究上,指一組附加於動詞上,標示主語語意角色的詞綴。有「主事焦點」、「受事焦點」、「處所焦點」、「工具/受惠者焦點」四組之分。

等同句 (Equational sentence)

句子型態之一,其謂語與主語的指涉相同,如「他是張

三」中「他」與「張三」。

詞序（Word order）

句子或詞組成分中詞之先後次序，有些語言詞序較為自由，有些則固定不變。

詞根（Root）

指詞裡具有語意內涵的最小單位。

詞幹（Stem）

在構詞的過程中，曲折詞素所附加的成分，可以是詞根本身、詞根加詞根所產生的複合詞、或詞根加上衍生詞綴所產生的新字。

詞綴（Affix）

構詞中，只能附加於另一詞幹而不能單獨存在的成分，依其附著的位置可區分為前綴（prefixes）、中綴（infixes）與後綴（suffixes）三種。

十三劃

圓唇（Rounded）

發音時，上下唇收成圓形而發的音。

塞音（Stop）

發音時，氣流完全阻塞後突然打開，讓氣流衝出而發的音，如國語的 /ㄅ/。

塞擦音（Affricate）

由塞音和擦音結合而構成的一種輔音。發音時，氣流先

完全阻塞，準備發塞音，解阻時以擦音發出，例如國語
的 /ㄘ/ (ts)。

滑音 (Glide)

作為過渡而發的音，發音時舌頭要滑向或滑離某個位
置。

十四劃

違反事實的子句 (Counterfactual clause)

條件子句的一種，所陳述的條件與事實不符。如「早知
道就不來了」中的「早知道」。

實現式 (Realis)

指已發生或正在發生的事件。

構擬 (Reconstruction)

指比較具有親屬關係之語言現存的相似特徵，重建或復
原其原始語的過程。

貌 (Aspect)

事件內在的結構的文法表徵，可分為「完成貌」、「起
始貌」、「非完成貌」、「持續貌」與「進行貌」。

輔音 (Consonant)

發音時，在口腔或鼻腔中形成阻塞或狹窄的通道，通常
氣流被阻擋或流出時可明顯的聽到。

輔音群 (Consonant cluster)

出現在同一個音節起首或結尾的相連輔音，通常其組合

會有某些限制；如英語只允許最多 3 個輔音出現於音節首。

領屬格 (Genitive case)

表達領屬或類似關係的格。

十五劃

樞紐結構 (Pivotal construction)

複雜句結構的一種，其第一個句子的賓語為第二個句子之主語。如「我勸他戒煙」，其中「他」是第一個動詞「勸」的賓語，同時也是第二個動詞「戒煙」的主語。

複雜句 (Complex sentence)

由一個以上的單句所構成的句子。

論元 (Argument)

動詞要求的語法成分，如在「我喜歡語言學」中「我」及「語言學」為動詞「喜歡」的兩個論元。

齒音 (Dental)

發音時舌尖觸及牙齒所發出的音，如賽夏語的 /s/。

十六劃

濁音 (Voiced)

指帶音的輔音，發音時聲帶會振動。

謂語 (Predicate)

語法功能分析中，扣除主語的句子成分。

選擇問句 (Alternative question)

問句之一種，回答爲多種選項中之一種。

靜態動詞 (Stative verb)

表示狀態的動詞，通常不能有進行式，如國語的「快樂」。

十七劃

擦音 (Fricative)

發音方式的一種，發音時，器官中兩部分很靠近但不完全阻塞，留下窄縫讓氣流從縫中摩擦而出，例如國語的/ㄙ/ (s)。

十八劃

簡單句 (Simple sentence)

只包含一個動詞的句子。

十九劃

顎化 (Palatalization)

指非硬顎部位的音，在發音時，舌頭因故提高往硬顎部位的過程。如英語 tense 中的 /s/ 加上 ion 後，受高元音 /i/ 影響讀爲 /ʃ/。

關係子句 (Relative clause)

對名詞組的名詞中心語加以描述、說明、修飾的子句，如英語 *The girl who is laughing is beautiful.* 中的 *who is laughing* 即爲關係子句。

二十二劃

聽話者 (Addressee)

　　說話者講話或交談的對象。

顫音 (Trill)

　　發音時利用某一器官快速拍打或碰觸另一器官所發出的音。

二十四劃

讓步子句 (Concessive clause)

　　表讓步關係，如由「雖然...」、「儘管...」所引介的子句。

索　引

國家圖書館出版品預行編目資料

巴則海語／林英津作． —初版．—臺北市：遠
流，　2000〔民89〕
　　面；　　　公分．—（臺灣南島語言；3）
參考書目：面
含索引
ISBN 957-32-3889-6（平裝）

1. 巴則海語

802.999　　　　　　　　　　　89000123